ROGUE GENTLEMAN - VERSION FRANÇAISE

KYLIE GILMORE

Traduction par
LAURE VALENTIN

Ceci est une œuvre de fiction. Les noms, les personnages, les lieux, les marques, les médias et les anecdotes sont le produit de l'imagination de l'auteur ou sont employés de manière fictive. L'auteur reconnaît le statut de marque déposée et la propriété des produits de marque référencés dans cette œuvre de fiction et utilisés sans permission. La publication ou l'emploi de ces marques ne sont pas autorisés, associés ni commandités par les propriétaires des marques déposées. Toute ressemblance avec des événements, des lieux ou des personnes réelles, existant ou ayant existé, serait une pure coïncidence.

Rogue Gentleman : © 2020 par Kylie Gilmore

Couverture par : Michele Catalano Creative

Traduction par : Laure Valentin Translation

Publié par : Extra Fancy Books

Tous droits réservés. Aucune partie de cette publication ne peut être reproduite, distribuée ni transmise sous quelque forme que ce soit ni par quelque moyen que ce soit, y compris par photocopie, enregistrement ou autres méthodes électroniques ou mécaniques, sans la permission expresse de l'auteure, à l'exception de brèves citations dans le cadre de critiques et autres usages non commerciaux autorisés par la loi sur les droits d'auteur.

ISBN-13 : 978-1-64658-055-2

1

─────

Sean

Je suis quelqu'un de fier, et je suis aussi ambitieux, c'est comme ça que je me suis retrouvé dans cette fâcheuse situation. En plus de mon travail en semaine, je dois terminer de rénover le vieil appartement de Brooklyn où je vivais avec mon ex dans un délai très serré. Maintenant, je vis là-bas tout seul, tout en y travaillant. Je grimpe les marches et sors mes clefs. Seigneur, je suis tellement fatigué. Il est minuit et je suis en plein décalage horaire, après le long vol de retour depuis Villroy, où mon grand frère Dylan vient de se marier. Je dois juste terminer la rénovation de cet endroit, et la situation sera plus détendue.

J'entre dans le salon vide, pose ma valise près de la porte et allume la lampe de mon téléphone. Le lampadaire du plafond n'est pas branché, à ce niveau. *Criic*. Je me fige, tous les sens brusquement en alerte. Une porte vient de s'ouvrir *dans* la maison.

J'écoute attentivement. Quelqu'un se déplace en bas. Je range mon téléphone dans ma poche et me dirige furtivement au rez-de-chaussée, juste au moment où quelqu'un se laisse tomber sur le canapé du salon. Un intrus vient de se mettre à l'aise sur mon canapé ? C'est quoi, ce bordel ?

J'allume.

— Ah ! s'écrie une voix féminine en se redressant vivement.

— Qui êtes-vous ? demandé-je en me dirigeant à grands pas vers elle.

Elle est jeune, la vingtaine, ses cheveux roux sont rassemblés en un chignon désordonné sur sa tête et elle porte un haut blanc arborant la grosse tête de l'Ours Smokey. Elle s'empresse de se lever du canapé, prend son téléphone et reste à bonne distance de moi. Son short de pyjama arbore de minuscules visages d'ours. Elle ne ressemble vraiment pas à une voleuse, dans cette tenue. C'est une intruse mignonne, mais indésirable.

— Qui êtes-vous ? demande-t-elle.

Elle lève son téléphone, l'un de ses doigts planant au-dessus.

— J'ai le 911 en numérotation rapide !

Je réfrène un grognement.

— Je vis ici. Qui êtes-vous et qu'est-ce que vous fichez ici ?

Elle baisse son téléphone.

— Vous êtes le contractant ? Non, oubliez ce que j'ai dit.

Elle lève à nouveau son téléphone et laisse planer son doigt au-dessus de manière menaçante.

— Maintenant, vous allez simplement acquiescer, alors que vous êtes sûrement ici pour cambrioler les lieux.

Je me passe une main dans les cheveux. Je suis trop fatigué pour ces conneries.

— Il n'y a rien à voler, ici, à moins de vouloir embarquer des matériaux de construction pour les vendre au marché noir. Je suis Sean Rourke, le contractant pour la maison de Winnie Abbott. Maintenant qui êtes-vous, bon sang ?

Elle baisse son téléphone en marmonnant toute seule. Je ne comprends que les mots « espèce de vieux grincheux. »

Je me rapproche, et elle écarquille ses yeux bleus. Je m'arrête. Je n'essaie pas de lui faire peur. J'ai juste besoin de savoir qui elle est et ce qu'elle fait ici. C'est alors que je réalise que je n'ai besoin que d'une chose :

— Il va falloir que vous partiez.

— Je suis Josie Abbott, la cousine de Winnie.

Devant mon silence, elle ajoute :

— Votre nouvelle colocataire. Elle a dit que je pouvais m'installer ici.

— Colocataire ? répété-je en clignant des yeux.

Elle m'adresse un sourire incertain.

— Oui. Winnie m'a dit que vous viviez ici pendant la rénovation. J'étais simplement surprise parce que vous ne ressemblez pas à ce à quoi je m'attendais, au vu de sa, euh, description.

Mon cerveau se fige, puis je dresse la liste de tout ce qui ne va pas avec cette situation.

J'ai six semaines pour terminer les rénovations.

La semaine prochaine sera cruciale. J'ai pris des congés de mon boulot en semaine pour pouvoir progresser ici.

Cette invitée indésirable va constituer un énorme inconvénient.

— Bonne nuit, colocataire, lance-t-elle, avant de se glisser sous sa couverture polaire rose pâle, sur *mon* canapé. C'est le seul meuble des lieux, et il est à moi. Je l'ai fait moi-même.

Pourquoi Winnie ne m'a-t-elle pas prévenu que sa cousine allait emménager ici ?

Je pivote sur mes talons, en colère, mais trop fatigué pour m'occuper de ça maintenant. J'éteins les lumières en chemin vers l'étage, rejoins mon matelas gonflable, me mets en caleçon et m'écroule sur mon lit.

Je suis réveillé par le soleil qui afflue à travers le grand drap que j'ai placé devant la fenêtre en guise de rideau de fortune. Les yeux bouffis, je descends au rez-de-chaussée pour rejoindre la seule salle de bains fonctionnelle de la maison, et me fige net. Zut. Je l'avais oubliée. Josie, mon invitée indésirable. Évidemment, elle monopolise la salle de bain, occupée à se laver les dents avec la porte grande ouverte.

Elle est penchée au-dessus du lavabo, vêtue de son short de pyjama rouge douillet, avec toutes ces petites têtes d'ours qui lui recouvrent les fesses. Bon sang. Maintenant, non seulement j'ai envie de pisser, mais je suis aussi excité. Mauvaise combinaison. Je détourne les yeux, remarquant ses jambes fines et ses pieds nus. Toujours excité.

Je fixe le plafond et m'efforce à penser à des trucs à même de me calmer. N'importe quelle femme vêtue d'un short de pyjama serait attirante. Je n'ai pas eu le temps de sortir, ces derniers temps, vu que je jongle entre deux boulots. Le vrai problème, c'est que la surface habitable n'est pas très étendue, ici – c'est encore une zone de construction – et maintenant, je vais devoir la partager avec *elle*. Je ne peux même pas la foutre dehors, vu que je suis chez Winnie.

J'étudie ses cheveux roux relevés en queue de cheval, la courbe délicate de son cou, son haut de pyjama blanc aux bords rouges et à manches longues… *arrête de regarder !*

— Tu peux te dépêcher ? grommelé-je.

Elle me lance un regard, baisse les yeux pour étudier mon torse nu et mon caleçon, puis les relève vers mon visage. Indifférente à mon ton grognon, à ma trique du matin ou à mon absence de vêtements, elle lève un doigt pour m'indiquer d'attendre, puis indique sa brosse à dents.

Je serre les dents. J'envisage de remonter pour enfiler un tee-shirt et un jean, mais ce n'est pas moi l'intrus, ici. Et puis, j'ai des soucis plus pressants, comme mon envie de pisser et la nécessité de me remettre au travail. Vous savez, c'est tout à fait le style de Winnie, d'oublier de me prévenir que sa cousine va crécher ici. Elle n'a jamais été douée avec les détails pratiques, toujours à rêvasser, la tête dans les nuages. Autrefois, je trouvais la façon dont nous nous équilibrions idéale. Je suis le mec stable et responsable ; elle est la femme au foyer rêveuse. Et puis elle s'est mise à rêver d'une vie différente, avec un type de Wall Street. C'est lui qui fait pression sur elle pour qu'elle se dépêche de vendre cet appartement, raison pour laquelle je dois composer avec des délais trop serrés pour la rénovation. Quand elle m'a quitté pour aller vivre avec lui, elle m'a juré qu'elle ne m'avait pas trompé. C'était une affaire de cœur, pas de corps. Je m'en suis remis.

Josie finit de se brosser les dents et se redresse. Nos regards se croisent dans le miroir de l'armoire à pharmacie. Ses yeux bleus étincellent comme si elle avait un truc drôle à me confier. Je suis sûr qu'elle ne va m'apporter que des ennuis.

Elle se tourne vers moi avec un grand sourire. Il me fait penser à un millier de rayons de soleil transperçant soudain une journée nuageuse.

— Salut ! lance-t-elle en agitant la main dans un geste amical. Hier soir, c'était un peu bizarre Recommençons à zéro.

Elle me tend la main et se présente :

— Je suis Josie Abott. Ravie de te rencontrer.

Devant mon silence, elle ajoute :

— La cousine de Winnie.

Comme si j'avais pu oublier. Ils ont le même nom de famille.

— Pourquoi ne pas t'être installée chez Winnie, en ville ?

Elle plisse le nez.

— C'est un appartement une chambre et je ne voulais pas m'immiscer dans leur nid d'amour.

Nid d'amour ? Beurk. Je garde cette réaction pour moi, parce que tout ce dont je me soucie, c'est de cette grosse entorse à mon travail.

Elle lève les yeux, l'air d'attendre que je pose d'autres questions. Je songe soudain qu'elle ne ressemble pas du tout à

Winnie, ce qui pourrait signifier que Josie est vraiment une intruse. Un genre d'arnaqueuse. Je pourrais alors la mettre dehors en étant dans mon droit.

— Tu ne ressembles pas à Winnie.

Mon ex est blonde, elle a les joues plus rondes et un nez retroussé. Celui de Josie est droit, et ses pommettes sont hautes et proéminentes. Mes espoirs de pouvoir l'expulser grandissent.

— Je vais devoir te demander une pièce d'identité.

Elle roule des yeux et retire le nœud qui attachait ses cheveux roux en queue de cheval. Ils retombent en cascade sur ses épaules, d'une manière ébouriffée qui rend ma bouche sèche.

— Je suis blonde, comme Winnie, mais je teins mes cheveux en roux pour sortir du troupeau. C'est très important, dans ma profession.

— Qui est ?

— Je suis actrice.

Elle est l'une de ces personnes séduisantes qu'on voit à la télé, ou peut-être dans les films. Mais je ne l'ai jamais vue nulle part.

Elle claque des doigts devant mon visage.

— Tu es toujours là ?

Elle baisse les yeux sur mon entrejambe et ses joues rougissent.

— Tu veux une serviette, ou quelque chose ?

— Je vais bien.

Qu'elle regarde autant qu'elle veut. Et elle ne se gêne pas pour le faire, son regard remontant lentement le long de mon torse et s'attardant sur ma poitrine, avant de finir par se poser sur mon épaule et mon biceps. Je me tiens en forme, et je ne m'en cache pas.

Je claque des doigts devant son visage.

— Tu es toujours là ? demandé-je.

Son regard croise calmement le mien, et elle parle d'une voix douce et égale :

— On devrait peut-être décider d'un emploi du temps pour la salle de bains.

— Tu devrais peut-être me montrer ta carte d'identité.

— Je n'ai pas fini de me préparer. Je te la montrerai après. Bon sang…

Elle lève un doigt en l'air et continue :

— OK, je vais te dire un truc que seule la cousine de Winnie pourrait savoir : quand elle fait un cauchemar, elle ouvre les yeux et baragouine des phrases dénuées de sens, bien qu'elle soit encore endormie. Ça donne des soirées pyjama entre cousines flippantes et hilarantes !

Mince. Winnie fait bien ça, et ça ressemble à un vrai film d'horreur.

Je plaque les mains sur les hanches.

— Je ne sais pas pourquoi Winnie t'a envoyée ici. Les lieux ne sont pas habitables. Il n'y a qu'une seule salle de bains fonctionnelle…

Je fais un geste derrière elle.

— … et c'est une salle d'eau, dépourvue de douche. La cuisine sera bientôt démolie et il n'y a pas de lit.

Elle hausse une épaule.

— Je peux me doucher à la salle de sport, et le canapé me convient très bien. Je dors sur le canapé de mes amis depuis des mois, pendant que j'auditionne pour la saison des pilotes à LA.

Elle place sa main en coupe devant sa bouche, comme sur le point de me confier un secret, et baisse la voix d'un ton conspirateur.

— Je dois utiliser l'argent que je possède pour mes trajets jusqu'aux lieux des auditions et mes cours, qui me gardent à niveau et intéressante sur le marché.

Elle sautille sur la pointe des pieds, un sourire jouant sur ses lèvres.

— Et j'en ai eu un.

— Un quoi ?

— Un pilote ! Tu as en face de toi la future tête d'affiche d'une sitcom bientôt annoncée.

Elle pose les mains sur ses hanches et plie une jambe pour prendre une pose de star sur le tapis rouge.

— Je vais enfin percer ! Je ne peux pas te dire le nom de la série ni de quoi elle parle, mais ça va être énorme.

Elle lève les bras au ciel et forme le V de la victoire. Je la soupçonne d'avoir été pom pom girl, autrefois. Je ne suis pas en train de l'imaginer lever la jambe dans une jupe courte.

Je détourne les yeux d'elle. *Concentre-toi.* La cousine de mon ex est une actrice sans emploi qui dort sur mon canapé. Non pas que ça ait beaucoup d'importance, qu'elle se soit accaparé la seule chose qui m'appartienne mis à part mon stupide matelas gonflable. Le vrai problème, c'est que je vais devoir vivre de manière très rapprochée avec elle, et je sens déjà qu'elle va constituer une énorme distraction, avec toute sa bonne humeur. Winnie n'a peut-être pas oublié de me parler de ce visiteur indésirable. Peut-être l'a-t-elle envoyée ici à dessein pour me distraire, espérant que j'échouerai à remplir mes délais, ce qui rendrait les choses plus faciles pour elle et justifierait qu'elle embauche quelqu'un pour me remplacer. Un plan sournois dans lequel je refuse de tomber. Nous avons un marché. C'est *mon* projet.

D'abord les priorités. Je dois satisfaire mes besoins naturels.

— J'ai besoin de la salle de bain. Seul.

— Compris.

Elle me dépasse en m'effleurant, et je hume l'odeur sucrée d'un parfum fruité et floral. Comment peut-elle sentir aussi bon dès le matin ?

Pour finir, je récupère enfin la salle de bain pour moi tout seul. Je verrouille la porte et fais ma petite affaire, laissant échapper un long soupir soulagé. J'entends sa voix à travers la porte, comme si elle se tenait juste à côté de moi. *Respecte un peu les limites !*

— J'espère ne pas avoir donné l'impression de me vanter, dit-elle. En fait, l'affaire n'est pas encore conclue, pour le pilote. J'attends de savoir s'il est choisi par la chaîne. Mais j'ai un bon pressentiment, c'est déjà ça Je pars emménager à LA dès qu'on m'aura annoncé qu'il a été sélectionné. Il faut penser de manière positive !

C'est l'une de ces insupportables personnes qui sont du matin. Il m'est plus facile d'être agacé quand je ne la regarde pas. Je ne crois pas avoir jamais vu aucune femme aussi aisément belle, avec ses cheveux hirsutes, sans maquillage et alors qu'elle porte ce ridicule pyjama de l'Ours Smokey. Elle a ce petit truc en plus qui fait qu'une personne crève l'écran. Je suis sûr qu'elle se retrouvera à LA très bientôt.

Je me lave les mains et me sermonne sévèrement dans le miroir. *Tu peux le faire. Reste poli et finis le boulot.*

Grâce à mon père membre de la royauté, on m'a inculqué de très bonnes manières. Si mon père n'avait pas abdiqué le trône, il aurait été roi de Villroy, ce qui aurait fait de moi un prince. Mais je n'ai bénéficié d'aucune fortune ou privilège, et j'ai grandi dans un quartier de la classe ouvrière de Brooklyn. Mon père a abdiqué le trône pour épouser ma mère, une roturière, et a été exilé sans rien d'autre que la chemise sur son dos. Dans tous les cas, mes bonnes manières sont très utiles avec les femmes. Winnie adorait m'appeler son gentleman. Elle a même amélioré mon statut de gentleman élégant en ajoutant des vêtements coûteux à ma garde-robe, ce qui me convenait très bien. J'ai des aspirations plus élevées que mon salaire. Encore cette ambition.

— Je peux entrer ? demande-t-elle. Je t'ai entendu tirer la chasse et te laver les mains.

Je laisse échapper un soupir exaspéré. Je peux gérer n'importe quelle femme, même une colocataire indésirable.

J'ouvre la porte et Josie me sourit, beaucoup trop enjouée.

— Ça ne va pas fonctionner, grogné-je. Je ne sais pas à quoi pensait Winnie, pour faire venir une invitée ici au beau milieu des rénovations. J'ai du travail !

Josie ne prend pas mon grognement d'avertissement très à cœur, parce qu'elle me rejoint dans le petit espace de la salle de bains et récupère sa brosse dans l'armoire à pharmacie pour brosser ses longs cheveux. Je la contourne prudemment.

Elle s'immobilise, sa brosse à la main.

— Winnie dit qu'elle en a marre de tes grommellements. Je vois ce qu'elle veut dire.

Je me fige.

— Si je grommelle, c'est parce qu'elle m'a soudain imposé des délais scandaleux avant le moment où elle mettra cet endroit sur le marché.

Elle me lance un regard appuyé et répond :

— À ce que j'ai compris, tu vis ici gratuitement.

— Ce n'est pas gratuit !

Je perds rarement patience, mais je suis dans une circonstance extrême, cette fois. Elle est en train de se mêler de mes affaires !

Je m'efforce de garder un ton égal et explique :

— C'est un *échange*. Je vis ici pendant que je rénove l'appartement. Elle bénéficie d'une main-d'œuvre gratuite de la part d'un entrepreneur expérimenté. On ne peut trouver de meilleur marché nulle part.

Et j'ai vraiment envie de vivre dans ce quartier huppé, Park Slope, plutôt que dans un studio dans un quartier que je peux me permettre. Park Slope est situé juste à côté du parc, à seulement quarante minutes de la ville, et possède une atmosphère détendue, étant donné que beaucoup de familles et de gens créatifs vivent ici. Je continue d'espérer voir apparaître un logement dans mon budget sur le marché. Peut-être un autre appartement à rénover, même s'il en reste très peu dans ce quartier.

Elle fronce les sourcils et une lueur de compassion passe dans ses yeux bleus.

— Tu es encore en colère contre Winnie pour s'être fiancée si vite ?

— Non. Je n'ai jamais été en colère. On a rompu il y a dix mois. C'est de l'histoire ancienne.

Elle recommence à se brosser les cheveux.

— Tant mieux. Je dois dire qu'elle est très heureuse. Quand vous étiez ensemble, elle ne m'a jamais parlé de toi, alors elle doit avoir trouvé la bonne personne, avec Colin. Elle n'arrête pas de parler de lui. Il n'y a clairement pas de rancune entre vous, je me trompe ? Je veux dire, comme tu travailles toujours ici, chez elle. Tu dois être l'un de ces hommes éclairés. C'est sympa.

Je me sens à nouveau irrité. Plus que ça, même, et je ne sais pas si c'est à cause d'elle ou de Winnie. Peut-être les deux.

— On a vécu ensemble pendant six mois et elle n'a jamais parlé de moi ?

Elle écarquille les yeux.

— J'ai dit quelque chose qu'il ne fallait pas ? Je suis désolée. Je croyais…

— Laisse tomber.

Elle pose sa brosse à dents dans l'armoire à pharmacie et se tourne vers moi.

— Peut-être qu'elle n'a pas parlé de toi parce qu'elle et moi étions tous les deux occupés, à l'époque.

Elle hoche une fois la tête et continue :

— Oui, je suis sûre que c'était ça. J'étais sûrement débordée, entre mes auditions et mes cours, et elle devait faire le trajet jusqu'à la galerie d'art, alors… oublie ce que j'ai dit. On peut repartir de zéro ?

Elle se rapproche et m'adresse son grand sourire rayon de soleil.

— Salut ! lance-t-elle en tendant la main. Je suis Jo…

— Je vais appeler Winnie.

Mais d'abord, je dois aller me nettoyer, après ma longue journée de voyage d'hier. Je me retourne et sors par la porte de derrière pour rejoindre la douche extérieure. Je n'en ai pas parlé à Josie parce que j'essayais de rendre cet endroit aussi peu attrayant que possible. En temps normal, je prends ma douche à la fin de ma journée de travail, alors que je suis couvert de sueur, et il fait plus frais que je le voudrais pour prendre une douche, en ce matin de mi-avril, mais j'ai besoin d'être un peu seul et de me rafraîchir les idées. Je traverse le jardin et rentre directement dans la cabine de douche en bois coincée derrière des treillis à rosiers grimpants. Je pose mon caleçon sur le banc juste à côté et entre dans l'intimité de la douche, me tenant de côté pendant que j'allume l'eau, pour lui donner le temps de se réchauffer.

— Tu gardes ton téléphone dehors ? lance-t-elle depuis la terrasse de derrière.

Sa voix doit porter jusqu'à la dernière rangée du théâtre, et je suis sûr qu'elle résonne dans tout le quartier.

Si je l'ignore, elle finira par partir.

L'eau se réchauffe et je viens me placer sous le jet.

— Tu n'entends pas de l'eau qui coule, comme de la pluie ? s'exclame-t-elle. C'est une fontaine ?

Je place mon visage sous le jet et ferme les yeux. *Va-t'en, s'il te plaît.*

Tout est silencieux pendant un moment, et je me détends.

— Oh !

Je me retourne vivement et la découvre juste devant moi, à me dévisager. *De partout.*

— Va-t'en ! aboyé-je.

— Désolée !

Elle tourne les talons et repart vivement vers la maison.

— Je ne savais pas qu'il y avait une douche extérieure !

Je laisse échapper un soupir et tends la main vers le shampoing. Je ne pourrais me détendre tant que je ne serais pas sûr qu'elle est rentrée.

— Maintenant, j'ai *vraiment* le sentiment qu'on devrait à nouveau repartir de zéro !

Elle a l'air plus proche, comme si elle revenait vers moi.

Je me renfrogne et frotte le shampoing dans mes cheveux. Je jure que si elle revient ici et veut me serrer la main pour faire encore une fois les présentations, je vais faire quelque chose que je regretterais. Comme lui hurler dessus, après quoi elle ira pleurer devant Winnie, qui passera d'impatiente à furieuse contre moi. Je pourrais oublier mon désir de terminer les rénovations. Winnie me jettera dehors et me remplacera par un autre contractant. J'adore cette vieille maison, et j'ai déjà tellement mis d'efforts dedans. J'ai commencé la rénovation quand Winnie et moi étions encore ensemble, et que nous avions la même vision lorsqu'il s'agissait de faire retrouver sa gloire passée à cette gemme délabrée. La maison date des années 1880, c'est un hôtel particulier de quatre étages et de six mètres de large, avec de hauts plafonds ainsi qu'une exposition plein sud, ce qui apporte beaucoup de luminosité et lui donne un aspect spacieux. Avant qu'on rompe, j'ai créé ce jardin et installé cette douche extérieure, en plus de refaire le toit et les fenêtres. Il ne s'agit pas de Winnie. Ou de Josie. Il s'agit de moi, et de ma capacité à restaurer cette beauté historique.

Je jette un œil au banc, où j'ai laissé mon caleçon, et réalise que j'ai oublié ma serviette. Merde.

— Tu es encore là ? demandé-je.

Silence.

— Josie ?

— Euh, oui. Je rentre tout de suite !

— Est-ce que tu pourrais me récupérer une serviette dans le grand sac de voyage à l'étage ? demandé-je entre mes dents. Il est près de mon matelas gonflable.

— Tu dors sur un matelas gonflable ? Le canapé est sûrement plus confortable…

— Serviette !

— Bien sûr !

Je me tourne de manière à la voir quand elle reviendra sur la terrasse de derrière. Dès qu'elle arrive, elle s'arrête et m'appelle de sa voix forte d'actrice de théâtre.

— On fera une deuxième prise – à moins qu'il ne s'agisse de la troisième ou quatrième ? – pour les présentations quand tu seras habillé !

Je secoue la tête et la replace sous le jet d'eau. Je suis fichu.

2

Josie

EH BIEN, c'est ce qu'on appelle un départ malencontreux. Depuis quand y a-t-il une douche extérieure dans la cour de grand-mère ? Je trouve le sac de voyage et en sors une épaisse serviette bleue. Sean Rourke, un vrai prince. Winnie en a parlé quand elle a proposé de me laisser m'installer ici, et j'ai vu tout le battage médiatique au sujet de la réconciliation entre sa famille et celle royale de Villroy. Le mariage de Dylan, son frère aîné, le week-end dernier a beaucoup fait parler de lui. C'était la première fois que quelqu'un du côté exilé de la famille se mariait dans la chapelle royale. J'ai eu quelques aperçus du mariage aux infos, durant mon vol jusqu'ici.

Winnie dit que Sean vit ici depuis qu'elle est partie. Dix mois sur un matelas gonflable avec deux sacs de voyage ? Ce n'est pas vraiment le genre de train de vie qu'on attendrait d'un prince. Il est pire que moi, qui dors sur le canapé de mes amis. En fait, ce n'étaient pas tous mes amis. J'ai découvert cette application appelée, « Squatteurs de canapés », qui est un réseau d'acteurs cherchant un canapé gratuit pour un court séjour. Mon dernier canapé à L.A a été une mauvaise expérience. C'était l'appartement d'une femme, mais son petit ami était un énorme pervers, et il a profité du fait qu'elle soit sortie aller lui acheter de la bière pour me faire des avances. J'ai dit non, et il a eu cette lueur prédatrice dans le regard qui m'a donné des frissons. Il a fait un pas menaçant vers moi, et je me suis retournée pour me précipiter vers la seule échappatoire possible : la chambre. J'ai verrouillé la porte et j'ai poussé la commode contre elle. Il a cogné sur la porte si fort que j'étais certaine qu'il allait la casser.

J'ai appelé le 911, les mains tremblantes, en ignorant les insultes méchantes qu'il me lançait. Les flics sont arrivés en même temps que la femme qui vivait là. J'ai réussi à me tirer de là sans dommages et j'ai appelé Winnie pour lui raconter cette douloureuse expérience. Elle a six ans de plus que moi et s'est toujours plus comportée comme une grande sœur solidaire que comme une cousine. Elle a insisté pour que je me retire de l'application « Squatteurs de canapé », ce que j'aurais fait de toute façon, après ça, et m'a invitée à m'installer avec elle et Colin. Je n'avais vraiment pas envie de m'immiscer dans leur vie. Et, honnêtement, Colin est l'un de ces types coincés et rigides qui me rendent nerveuse.

Bref, Winnie a fini par me dire que je pouvais dormir sur le canapé de l'ancienne maison de notre grand-mère, à Brooklyn. Ça m'a semblé être la solution idéale. Brooklyn est un quartier agréable, et je pourrais faire le trajet jusqu'en ville pour mes auditions et pour rendre visite à Winnie. Elle m'a prévenue de la présence de Sean, et m'a dit que c'était un vrai grincheux, mais aussi un parfait gentleman, et que ce serait comme avoir un garde du corps avec moi. Ses mots exacts pour décrire ce grincheux étaient : un type plus âgé, du genre protecteur avec un sens de l'honneur. Winnie a trente ans, alors je m'imaginais un type bougon, d'âge moyen portant des jeans tombants. Elle devait vouloir dire qu'il était plus âgé que moi. J'ai vingt-quatre ans. J'ai été surprise de découvrir un homme jeune et sexy.

Les gens un peu grognons ne me dérangent pas, tant que je peux enfin me débarrasser de ce sentiment angoissant d'être sur le point d'être pourchassée à nouveau pas un homme agressif. Je ne sais pas si c'est parce que Winnie l'a décrit comme protecteur, ou à cause de sa présence naturelle, mais je me suis aussitôt sentie en sécurité, avec lui. C'est le genre d'homme qui est prêt à assurer vos arrières.

Je descends au rez-de-chaussée, enfile mes jolies sandales Birkenstock métalliques roses (un cadeau d'anniversaire de Winnie), prends mon permis de conduire de mon portefeuille et ressors dans la cour avec la serviette de Sean.

— C'est ta coloc' ! lancé-je en approchant du coin douche. Je te rapporte ta serviette et une pièce d'identité, et je ne regarde pas.

J'ai déjà eu amplement l'occasion de me rincer l'œil tout à l'heure. J'ai dû m'arrêter dans la cour pour m'accorder le temps d'articuler un « waouh » silencieux. Il est bien monté, et son truc était pointé droit sur moi. À cause de moi ? Ou parce qu'il est l'un de ces types qui se masturbent régulièrement sous la douche ? Hum… il a l'air de me trouver agaçante, alors c'était sûrement juste sa routine habituelle sous la douche. Je comprends. Ça soulage la tension.

— Laisse-la sur le banc, grogne-t-il, avant d'ajouter avec un temps de retard : s'il te plaît.

J'obéis ; puis je plaque une main sur mes yeux et je tends mon permis de conduire vers lui.

— Je ne savais pas que tu avais installé une douche ici. C'est malin, avec la rénovation.

— Tu peux t'écarter de l'espace de douche ?

— Tu as vu mon permis ?

— Oui, je l'ai vu. Écarte-toi de l'espace de douche, s'il te plaît.

Je recule de quelques pas. Il a un sublime accent de

Brooklyn que je m'entraînerai à imiter plus tard. J'ai un don pour prendre les accents régionaux, après avoir passé la majeure partie de mon enfance à voyager avec ma mère chanteuse d'opéra. Je n'ai jamais eu de vraies racines ou de foyer, et je n'en ai toujours pas. Parfois, j'aspire à un peu de stabilité. Ce n'est pas facile, de toujours recommencer à zéro ailleurs, et c'est sûrement la raison pour laquelle j'ai appris à faire comme chez moi où que j'atterrisse.

— Plus loin, me demande-t-il.

C'est un peu tard pour jouer les timides, mais je respecte sa demande et vais errer jusqu'à un liseré de tulipes violet foncé. Quelques instants plus tard, je sens sa présence lugubre derrière moi et me retourne juste au moment où il me dépasse pour se diriger vers la maison.

Je le rattrape.

— Si tu veux le canapé, je peux prendre le matelas gonflable.

Il continue de marcher, l'air pressé. Je cale mon rythme sur le sien.

— Si je voulais dormir sur le canapé, répond-il. C'est ce que j'aurais fait. C'est le mien. C'est moi qui l'ai construit.

— Tu l'as construit ? Waouh ! C'est incroyable. Il est très confortable.

C'est le genre de gros canapé moelleux assez large pour qu'on s'y installe à deux, presque comme un lit grandeur nature. Je songe soudain qu'il a dû paresser dessus avec Winnie. Il l'a peut-être fabriqué pour elle.

— Tu es très talentueux.

Il me répond d'un grognement, comme si je l'agaçais à nouveau, mais me tient quand même la porte ouverte, et attend que je passe devant lui pour rentrer. Winnie avait raison – c'est un vrai gentleman.

— Merci, dis-je tout en le dépassant.

Ses yeux bleus perçants croisent brièvement les miens, puis il les détourne ; sa mâchoire assombrie par une barbe de trois jours est crispée. Il incline un tout petit peu la tête en réponse à mon remerciement. Un grincheux aux bonnes manières. Mais il ne peut pas toujours être grincheux, n'est-ce pas ? Je suis sûre qu'on peut s'entendre, si on arrive à repartir du bon pied.

Il monte à l'étage pour s'habiller et je le regarde partir, admirant les lignes de muscles dures sur les larges épaules et son dos. Ce serait clairement le garde du corps idéal. Personne n'oserait déconner avec lui. Comment Winnie a-t-elle pu tourner le dos à ces muscles saillants ? Oui, ils me plaisent. Quelle femme ne les aimerait pas ?

— Je sens tes yeux creuser un trou dans mon dos, annonce-t-il.

Je rougis et improvise pour détourner l'attention de la manière dont je le reluquais.

— Winnie a dit que tu étais du genre protecteur, alors je me demandais si tu avais été garde du corps.

— Non.

Il s'arrête net et se retourne. Il redresse les épaules et bombe le torse.

— Alors elle t'a parlé de moi, finalement, lâche-t-il.

— Récemment, quand elle m'a proposé le canapé.

Il se décompose, alors je m'empresse d'ajouter :

— Elle a aussi dit que tu étais un gentleman.

Il fronce les sourcils.

— Eh bien, je songe à raccrocher ce titre.

Puis il se retourne et monte à l'étage.

— Pourquoi ?

— Ça ne m'apporte rien de bon, grommelle-t-il.

Je me penche vers la cage d'escalier dans laquelle il vient de disparaître.

— Je trouve ça sympa.

— Est-ce que tu pourrais m'accorder un peu d'intimité, *s'il te plaît* ? aboie-t-il.

Bon sang. Grincheux à cent pour cent. Je peux l'amadouer.

Je suis quelqu'un de très facile à apprécier. Mon agent dit toujours que c'est ma principale qualité. Je les amadoue dans la salle d'audition, en étant juste moi-même, avant même de commencer à jouer. C'est pour ça que je n'arrête pas d'être prise dans des pilotes. C'est mon troisième. Les autres n'ont pas été choisis, mais la troisième fois sera la bonne. En plus, j'ai fait une pub pour du parfum et une série éducative au profit des bibliothèques à l'école. *Ne vous en faites pas, maman et papa, ce BFA en arts dramatiques obtenu à New York va finir par payer !* Mes prêts étudiants me ruinent, une autre raison pour laquelle je vis aussi frugalement que possible (mis à part le fait de ne pas avoir d'emploi stable). Je finirai par y arriver. Il suffit de trouver le bon projet au bon moment. Mes deux années passées à auditionner et à racler les fonds de tiroir ne ressembleront plus qu'à un rêve lointain quand j'aurai percé. Il suffit d'une fois.

Je m'autorise un petit soupir avant de ranger mon permis de conduire et de récupérer mes affaires pour prendre une douche. J'ai trouvé la douche au bon moment. J'ai emménagé hier matin, alors maintenant que je n'ai plus besoin de faire le trajet jusqu'à la salle de sport tous les jours pour prendre une douche, cela libère un peu mon emploi du temps. Même s'il n'était pas non plus surchargé, avec le sport, les cours d'improvisation et les auditions. Je ne chercherai pas de job de serveuse à moins que le pilote tombe à l'eau, ce qui n'arrivera pas. *C'est mon moment, j'y crois, j'y crois, j'y crois.*

Ooh, je sais ! Je vais préparer un petit-déjeuner à Sean avant qu'il parte travailler. Il a le genre de travail qui requiert beaucoup de calories. Contrairement aux types que je rencontre d'habitude, il a obtenu ces muscles saillants en s'en servant vraiment, et pas en soulevant de la fonte à la salle de sport. J'aime les gens qui travaillent dur, vu que c'est aussi mon cas, je suis toujours en train de faire tout mon possible pour lancer ma carrière.

Une fois sous la douche, je suis surprise de découvrir à

quel point elle est élégante. La pression de l'eau est bonne, elle est chaude et c'est très intime, ici, entre les murs de bois de la douche, les treillis de rosiers non loin et les plantes diverses. Je me demande si c'est Sean qui a transformé le modeste jardin de ma grand-mère en paradis, puis mes pensées dérivent aussitôt vers des images de Sean nu. Je l'ai vu dans toute sa gloire. Ce n'est pas que je suis intéressée. Il se comporte comme si j'étais un gros désagrément. En plus, c'est bizarre, sachant qu'il est l'ex de Winnie.

Winnie a hérité de l'hôtel particulier de ma grand-mère parce qu'elles étaient proches. J'étais trop jeune pour avoir l'occasion de connaître ma grand-mère aussi bien, et mes parents et moi ne lui rendions pas visite si souvent que ça, parce qu'elle était un peu froide avec mes parents, à cause de mon père collet monté (son fils) qui l'avait déçue en épousant mon artiste de mère. Ma grand-mère pensait que la carrière de ma mère l'empêchait trop d'être une bonne épouse et une bonne mère, et ils se sont disputés à ce sujet. Mes parents vivent à Nashville, aujourd'hui, ce qui est cool, mais ce n'est pas pratique pour moi de vivre là-bas tout en auditionnant régulièrement. La carrière de ma mère s'est terminée quand elle a pris de l'âge, comme souvent avec les rôles féminins à l'opéra. Le préjudice de l'âge, ça craint. Elle a toujours une belle voix. Je sais chanter aussi, mais ma passion, c'est le cinéma, et j'espère un jour jouer dans un film.

Je ne prends pas la peine de me laver les cheveux, vu que je l'ai déjà fait hier, et tends la main vers le savon. Je suis censée avoir des nouvelles de mon pilote dans deux ou trois semaines, et ensuite je partirai à LA. Le Grincheux Prince Sean est mon colocataire temporaire. C'est tout. Et cela m'accorde une certaine tranquillité d'esprit de savoir qu'un homme fort et costaud est dans le coin. Ce n'est pas comme si ce pervers de L.A allait me suivre jusqu'ici, mais quand même. Je ne fais de mal à personne en m'imaginant que Sean est mon garde du corps officieux. Je n'aurais sûrement jamais besoin de l'appeler à mon secours, mais je pourrais le faire si j'en avais besoin, et c'est le plus important.

— Garde de mes fantasmes, chantonné-je toute seule tout en me lavant. Quel plaisir de t'avoir ici !

J'ai donné un petit côté Shakespeare à ma réplique. Je suis habituée à me divertir toute seule.

Quelques minutes plus tard, je me sèche et commence à avoir un peu froid. Je me dépêche de rentrer, enfile des vêtements – tee-shirt vert à col en V et pantalon de yoga noir – et me dirige vers la petite cuisine. Elle est juste à côté du salon douillet situé au même étage que le jardin, où je me suis installée sur le canapé. C'est aussi le seul étage possédant une salle de bains en état de marche. Quel endroit parfait où vivre. J'entends Sean marcher d'un pas lourd à l'étage. Il installe peut-être quelques outils pour quand il viendra travailler ici plus tard. Winnie dit qu'il travaille sur la maison le soir et le week-end. Je suis sûre qu'il appréciera de manger un petit-déjeuner copieux avant de partir pour son emploi de journée.

J'ouvre le frigo et ne trouve que des œufs, du lait et un truc en tranches récupéré chez le charcutier. Je vérifie l'étiquette sur l'emballage de la viande – du jambon et du provolone. Il y a aussi du pain sur le comptoir. Si seulement j'étais un chef cuisiner génial et savais comment préparer un plat spécial avec des ingrédients basiques. Enfin, il y a des glucides et des protéines dans le fromage grillé. Cela me semble parfait pour un bon approvisionnement en énergie. J'ajouterai aussi du jambon. Eh, suis-je en train de préparer un *croque-monsieur* ? Peut-être bien. Sean a de la chance de bénéficier d'un petit-déjeuner tout chaud et si particulier avant de travailler. Ça nous aidera sans aucun doute à repartir sur de bons rails. Je ne supporte vraiment pas les milieux de vie tendus. Je suis habituée aux atmosphères détendues et légères.

Je trouve une poêle dans un placard et la pose sur la plaque du four, avant d'allumer la flamme au gaz. Quoi d'autre ? Y a-t-il du beurre ? Je regarde autour de moi au cas où il le laisserait quelque part sur le comptoir, puis vérifie à nouveau dans le frigo, mais il n'y en a pas. Je cherche de l'huile ou un pulvérisateur dans les placards, en vain. La poêle est peut-être déjà recouverte d'une matière antiadhésive. Pas de problème. Je sors une assiette et prépare mon premier croque-monsieur (je crois) avant de le déposer sur la poêle.

Je nous sers un verre d'eau chacun et les pose sur l'îlot laminé beige. Je jette un œil au *croque-monsieur*, qui semble bien, alors je dépose deux serviettes pliées soigneusement en diagonale. Quand son sandwich sera prêt, je m'en préparerai un pour moi aussi.

Je sens une odeur de brûlé et m'empresse d'aller retourner le sandwich. Zut. Où est la spatule ? Je fouille dans les tiroirs, gaspillant un temps précieux, et finis par la trouver. Je retourne le *croque-monsieur* et le fromage fondu tombe sur la poêle avec un bruit de grésillement. Le pain est noirci et de la fumée s'élève de la poêle. Je l'évente pour la disperser. Je peux encore le sauver en grattant la partie noircie, et ça sera excellent. Je dois juste attendre quelques minutes pour que ce côté soit bien grillé. Bon sang, c'est vraiment enfumé, ici. Je tousse et ouvre la porte du fond, qui menait autrefois à une petite salle à manger, qui n'est plus qu'un espace vide, aujourd'hui. Je dois faire un courant d'air. J'ouvre et ferme la porte plusieurs fois pour aérer et, voyant que cela ne fonctionne pas, je me précipite vers la fenêtre de l'autre côté, dans le salon, et l'ouvre.

Bip-bip-bip ! Oh non ! J'ai déclenché le détecteur de fumée. J'éteins le four et localise l'alarme au plafond, près des marches. Je n'arrive pas à l'atteindre pour l'éteindre. Il n'y a pas de feu, c'est juste de la fumée ! Pas besoin d'alarme ! Je saute quelques fois sur place dans une tentative pour presser le bouton, puis je grimpe deux marches pour essayer de l'atteindre. C'est peine perdue. Je fais de grands gestes affolés des deux mains pour écarter la fumée.

— Qu'est-ce que tu fabriques ? Aboie Sean derrière moi.

Je fais volte-face et hurle par-dessus les bips suraigus :

— Tu peux l'éteindre ? Je n'arrive pas à l'atteindre. C'est juste de la fumée ; j'ai fait brûler du pain.

Il tend le bras et éteint le détecteur sans mal. Il fait bien un mètre quatre-vingt.

— Super.

Je me détends quand les bips se taisent enfin et annonce :

— Je t'ai préparé un petit-déjeuner.

— Tu parles du pain brûlé ?

— Juste un peu. Je gratterai la partie brûlée.

Il s'assoit sur les marches et laisse tomber sa tête dans ses mains. Ses cheveux brun sombre retombent en avant, encore un peu humides après sa douche. Il a l'air épuisé et légèrement désespéré. Je suis très observatrice s'agissant du langage et des expressions corporelles, ça fait partie de ma panoplie d'actrice.

— Je vais t'en préparer un autre, proposé-je d'un ton enjoué.

Ne désespère pas, coloc' !

Il lève la tête.

— Les détecteurs de fumée sont une gamme dernier cri en matière de sécurité domestique. Ils sont conçus pour appeler automatiquement les pompiers. On ne peut pas annuler l'appel une fois qu'il a été lancé. J'ai déjà essayé, une fois, quand Winnie a laissé brûler notre dîner. Ils ont dû enquêter et suivre une procédure d'inspection de routine.

— Winnie a laissé brûler le dîner ? Mais c'est une déesse du foyer.

— Je l'avais distraite, répond-il en me lançant un regard en coin très sérieux.

J'ouvre la bouche, avant de la refermer. *Un truc sexuel, compris.* Même si j'ai du mal à imaginer ma cousine en déesse du foyer avec cet ouvrier du bâtiment très brut de décoffrage. J'ai tellement de questions en tête.

Il pousse un brusque soupir et lance :

— Maintenant, je vais devoir m'occuper d'eux et attendre leur feu vert avant de pouvoir aller bosser. Un autre retard. Exactement ce dont j'avais besoin.

— Je vais m'en charger. Va travailler.

— C'est ici que je travaille, répond-il entre ses dents.

— Oh, je croyais que tu ne travaillais ici que le soir et les week-ends.

— J'ai pris une semaine de congés pour avancer plus vite sur la rénovation.

Je jette un œil vers la cuisine.

— Alors, est-ce que tu veux manger en attendant les pompiers ?

Il lâche un soupir et se dirige vers la cuisine. Je le rejoins et nous fixons tous les deux le sandwich noirci avec son fromage brun et grumeleux et son jambon collé à la poêle.

— Je suis sûr qu'il est encore bon, dis-je. C'est un *croque-monsieur*.

Mon accent français est parfait. La carrière de ma mère nous a menées à Paris plusieurs fois.

Je prends la spatule et m'efforce de décrocher le sandwich de la poêle, la remuant dans plusieurs directions jusqu'à récupérer le sandwich quasiment intact. Je le pose sur l'assiette laissée sur le comptoir, m'empare d'un couteau et le frotte contre la partie non brûlée du pain. Je sens son regard critique posé sur moi, mais je l'ignore, parce que je suis déterminée à faire de mon geste gentil consistant à lui préparer un petit-déjeuner le fondement de notre mode de vie amical. Une fois qu'il aura la preuve que ma cuisine est convenable, il dévorera ce geste de gentillesse.

Je lui souris avant de mordre une grosse bouchée de sandwich. *Dégoûtant.*

— Délicieux, mens-je en gardant la bouchée au coin de ma bouche.

Ça a le goût de fumée, et de quelque chose d'à la fois bizarre et gluant.

Il rit.

— Le jambon et le fromage sont là depuis mille ans.

Je récupère une serviette et recrache ma bouchée.

— Pourquoi ne m'as-tu rien dit ?

— C'était plus drôle, répond-il.

Il baisse les yeux sur l'îlot, où j'ai déposé nos verres d'eau et nos serviettes.

— Tu n'es pas obligée de faire la cuisine pour moi.

— Je sais.

Je jette le sandwich à la poubelle et récupère le vieux jambon et le fromage pour les jeter aussi. Puis je me tourne vers lui.

— J'essayais de nous faire repartir du bon pied. Je veux qu'on s'entende.

Il arque un sourcil et boit une gorgée du verre d'eau que je lui ai versé.

— L'eau est excellente.

Je ris un peu.

— Désolée de t'avoir fait prendre du retard sur ton travail. Je pourrais t'aider.

— Non !

Il fait un signe de croix avec ses doigts comme pour me repousser et ajoute :

— Tu restes de ton côté, et moi du mien.

— On dirait des boxeurs sur un ring. Je n'ai pas envie qu'on se batte.

— Si tu restes de ton côté, on ne se battra pas.

Je me rapproche d'un pas.

— Mais ce sera tendu. Je préfère un environnement détendu.

Il recule, fait volte-face et se dirige vers le placard, pour en sortir une barre protéinée dont il arrache l'emballage. Il en mange un morceau.

— Voilà mon petit-déjeuner, dit-il, la bouche pleine.

Mon estomac gargouille. Je ne vais pas le supplier pour avoir un petit-déjeuner. J'irai au marché plus tard pour acheter des provisions essentielles. Hier, j'ai mangé des restes que m'avait donnés Winnie.

— Et du café, ajoute-t-il en démarrant la cafetière.

Je le regarde se préparer son petit-déjeuner simple, et vois la tension qui accompagne chacun de ses mouvements.

— Tu es toujours aussi tendu ?

Il ne prend pas la peine de se retourner pour répondre :

— Tu serais tendue aussi si tu avais des délais serrés pour un boulot que tu tenais vraiment à bien faire, tout ça en ayant aussi un autre travail en journée.

— Je suis douée pour les massages, dis-je en levant les mains et en remuant les doigts. Mes amis disent que j'ai des mains de guérisseuse. J'envisageai d'en faire mon deuxième boulot en attendant de percer.

Et puis, je suis nulle comme serveuse.

Il me lance un regard par-dessus son épaule.

— Non merci.

Il appuie sur le bouton de la cafetière, se retourne et s'appuie contre le comptoir, avant d'attraper la barre protéinée pour la finir en quelques bouchées.

— Ne fais pas la cuisine. Utilise simplement le micro-ondes, ou fais-toi livrer. Je vais bientôt démolir la cuisine jusqu'à ce qu'il ne reste que les fondations de toute façon, alors, autant t'habituer à faire sans.

Il se passe une main dans les cheveux, les ébouriffant.

— Tu ne vas pas pouvoir dormir ici pendant que je travaille à ce niveau. Il y aura trop de poussière. Je ne sais pas quoi faire de toi.

Il pousse un vif soupir et me lance un regard dur.

— Tu vas devoir dormir sur le sol, dans l'une des

chambres à l'étage. Cet endroit n'est pas vraiment adapté pour recevoir des invités. Tu ne pourrais pas simplement te faire à l'idée de vivre avec un couple amoureux chez Winnie, aussi désagréable que ce puisse être ?

Je pince les lèvres et tente de décider l'étendue de ce que je peux révéler s'agissant de mon antipathie pour Colin. Puis je décide d'être honnête.

— S'il te plaît, ne le répète pas à Winnie, mais je n'aime pas Colin. Il est très rigide ; pas tendu comme toi en ce moment. Je veux dire, il a un balai dans le cul permanent.

Il renifle avec dédain.

— Et ses yeux sombres sont froids et calculateurs, comme ceux d'un requin. J'en ai parlé à Winnie, une fois, mais elle m'a répondu qu'il était juste très intelligent, et que c'était pour ça qu'il avait ce regard. Alors, tu sais, ce n'est pas très grave, personne ne me demande de l'épouser, mais je n'ai pas envie de vivre dans le même logement que lui. Il me fait flipper.

— Tu préfères vivre dans le même logement que moi, un parfait étranger ?

— Je préfère vivre avec un gentleman protecteur aux yeux bleus perçants. Tes yeux sont directs et francs.

Il ouvre grand la bouche, avant de la refermer vivement. Il sourit un peu et m'étudie de ses yeux bleus perçants, sûrement content que je le trouve préférable à Colin, vu que ce n'était apparemment pas le cas de ma cousine. Puis il se frotte la nuque et laisse échapper un soupir. Il s'est résigné à son sort de colocataire, mais il est encore tendu.

Je ne peux m'empêcher de penser que je suis un tout petit peu responsable de cette tension, étant donné que je l'ai pris par surprise en m'imposant en tant que nouvelle colocataire, même si Winnie m'a dit qu'il était déjà grincheux au sujet de la rénovation. Elle ne l'a pas prévenu de mon arrivée parce qu'elle en avait marre de supporter ses grognements. Je lui ai assuré que j'arriverais à l'amadouer, et c'est ce que je vais faire.

— Recommençons à zéro. Salut ! Je suis Josie.

Je tends la main juste au moment où une sirène approche dans la rue en hurlant.

Il lève les yeux au plafond.

— Je sais. Crois-moi, je sais.

Il secoue la tête et se dirige vers la porte d'entrée pour rejoindre le camion de pompier.

Pendant qu'il est occupé dehors à parler avec les pompiers, je remarque que le café est prêt. Je trouve une tasse et attrape la poignée de la verseuse en verre pour lui verser un café, mais celle-ci me glisse des doigts. Merde ! Elle rebondit sur le comptoir et tombe sur le sol carrelé en céramique, explosant et aspergeant du café partout. Je recule d'un bond et m'empresse de passer mes bras, qui ont reçu des gouttes de café bouillant, sous l'eau froide. Voilà pourquoi j'avais toujours de très mauvais pourboires en tant que serveuse. Je ne sais pas quel est mon problème avec les cuisines, mais on ne s'entend pas du tout. C'est ce qui arrive quand on n'a jamais eu de vraie maison. Je ne sais faire que des trucs très basiques à la cuisine, et pas si bien que ça. J'ai tenté de préparer un petit-déjeuner parce que je croyais qu'il partait bientôt travailler, et que je ne voulais pas rater l'occasion de faire quelque chose de sympa pour lui.

J'entends Sean et les pompiers entrer et regarde par-dessus mon épaule.

— Attention ! Il y a du verre brisé et du café sur le sol. Un petit accident. Je vais tout nettoyer en une minute.

Sean fronce les sourcils et s'avance vers moi. Je me prépare à d'autres grommellements mécontents, ou même à ce qu'il se mette à me hurler dessus et me dise de partir pour ne jamais revenir.

Au lieu de ça, il se penche et examine les marques rouges sur mes avant-bras, qui sont toujours sous l'eau du robinet.

— Tu t'es brûlée.

— Ce n'est rien. Juste une brûlure au premier degré, et je l'ai mise sous l'eau froide tout de suite.

Il croise mon regard de près et, pour la première fois, ses yeux sont plus inquiets que perçants.

— Tu veux vraiment aider, hein ? demande-t-il d'une voix tendrement bourrue.

Mon pouls accélère.

— Oui, c'est ce que j'essayais de faire. J'aurais dû trouver un autre moyen, hors de la cuisine.

J'éteins l'eau et il me tend un essuie-main.

Les pompiers sont en train d'inspecter les lieux autour de nous, mais toute ma concentration est sur lui, alors qu'il lève mon bras en le maintenant légèrement et se mettant à l'étudier sous différents angles.

— Ce n'est rien, dis-je doucement. Je vais nettoyer.

Il fronce les sourcils.

— Tu es pieds nus.

— Je porte des sandales, rectifié-je.

Je pousse un hoquet quand il me soulève par la taille et me dépose sur l'îlot.

— Je vais m'en occuper. Ne bouge pas.

Je le regarde nettoyer à mes pieds, se levant de temps en temps pour parler aux pompiers, désormais en train de regarder dans toutes les pièces de la maison. C'est moi qui ai causé ce désastre qu'il est en train d'arranger. Et il n'est pas non plus venu ici comme un boxeur sortant de son coin du ring pour m'assommer. Il l'a fait avec une certaine tendresse. Avec attention.

Je comprends mieux pourquoi Winnie est sortie avec lui, maintenant. Il y a de la tendresse, cachée sous sa façade grincheuse. Je souris en moi-même. Cette histoire de colocation pourrait vraiment bien fonctionner.

Sean est quelqu'un de complexe, et en tant qu'actrice, ça me plaît. Je vais considérer ça comme un exercice d'acteur intensif, et l'étudier en tant que personnage ouvrier du bâtiment très talentueux et au cœur d'or. J'enjolive un peu la situation avec le terme « cœur d'or », mais je suis douée pour déchiffrer les gens, et mon instinct me dit que c'est un type bien.

Maintenant, je n'ai plus qu'à me rendre indispensable.

3
———

Sean

JE RACCOMPAGNE les pompiers vers la sortie et reste sur le trottoir une minute, à les regarder rejoindre leur camion. J'ai une heure de retard sur mon travail dans la salle de bains de l'étage, et c'est entièrement de la faute de Josie. Je m'attendais à ce qu'elle me distraie rien que par sa nature très jolie et enjouée, mais c'est encore pire que ça. C'est un vrai désastre ambulant. Plus elle essaie « d'aider » plus elle me donne de travail. Il faut qu'elle parte.

Je retourne à l'intérieur et la trouve dans la cuisine, à me tourner le dos.

— Josie.

Elle pivote, s'empresse de mâcher et d'avaler, l'air coupable.

— Désolée, j'ai pris l'une de tes barres protéinées. J'irai t'en acheter d'autres.

Mon irritation s'évanouit. Elle avait faim. Qui sait quand elle a mangé pour la dernière fois ? C'est une actrice pauvre et sans emploi. Pourtant, elle a quand même essayé de me préparer un petit-déjeuner avant de se faire quelque chose pour elle-même.

— Ne t'en fais pas, réponds-je. Je suis habitué à partager ma nourriture. J'ai grandi avec cinq frères qui mangent comme si c'était un sport olympique.

— Merci. J'avais trop faim pour attendre.

Elle prend une autre bouchée, savourant la barre protéinée comme si elle mourrait de faim et qu'elle était vraiment succulente. Ce truc est fade, au mieux. Elle se dépêche de finir la barre protéinée et dit :

— Laisse-moi me rendre utile.

— À quoi ressemble ton emploi du temps ?

J'espère qu'elle a des trucs de prévus. J'ai besoin de longues périodes de travail pour me concentrer, durant lesquelles je n'aurais pas à me demander ce qu'elle est en train de bousiller.

— Je fais du yoga tous les matins à la première heure, je m'entraîne à la salle de sport en fin d'après-midi pour me maintenir en forme, et j'ai mes cours d'improvisation en ville le jeudi soir à dix-neuf heures. Mis à part ça, je ne fais qu'attendre que mon agent me contacte pour m'envoyer passer une audition qui pourrait me convenir.

Elle lève les bras et ajoute :

— Je suis tout à toi pour tout le temps que tu voudras.

Mes yeux se posent sur son ventre exposé et les muscles bien dessinés le long de ses abdos. L'exercice a l'air de payer. Je relève vivement la tête.

Elle abaisse les bras et arbore un sourire éclatant.

— Je suis sûre que travailler à rénover un appartement constituera un entraînement encore meilleur que d'aller à la salle de sport.

Je n'ai pas le cœur de mettre dehors une actrice affamée et sans emploi. Non pas que je puisse le faire aussi facilement, étant donné que cet endroit ne m'appartient pas. Je réprime un soupir. C'est juste pour une ou deux semaines, n'est-ce pas ? Ensuite, elle partira à L.A. Et je ne suis là à plein temps que pendant une semaine, après quoi je reprendrai mon boulot de journée. À ce moment-là, je serai trop occupé pour remarquer sa présence. Je peux la supporter pendant une semaine. Je vais juste lui donner quelque chose à faire loin de moi. Mais qu'est-ce qu'elle peut faire sans tout casser ?

— Tu as déjà utilisé des outils ? demandé-je.

— Non, mais j'apprends vite. Je vais te regarder, et je suis sûre que je comprendrai. Je serai comme ton apprentie.

Je fronce les sourcils. Hors de question de la laisser me regarder travailler toute la journée dans un environnement aussi restreint que la salle de bains du troisième étage. Au bout d'un moment, je finis par songer à quelque chose :

— Tu pourrais essuyer les carrelages de la salle de bains du quatrième étage. Ils sont couverts d'une couche de poussière et de coulures de mastic. Tu devras essuyer les carrelages dans la douche, et ensuite ceux du sol. Tu crois pouvoir faire ça ?

Elle sourit.

— Bien sûr, patron.

Je me surprends à sourire et me détourne. Je ne veux pas me montrer trop amical avec elle.

— Je vais te trouver une éponge et une brosse à récurer.

Je grimpe à l'étage, où j'ai rangé mes outils et mon matériel dans une chambre vide.

Elle m'emboîte le pas.

— À quel stade en est la salle de bains sur laquelle je travaille ?

— J'attends juste de pouvoir couper les comptoirs au magasin de carrelages. Ils ont les outils adéquats pour couper sur mesure. Je devrais les récupérer vendredi prochain ; ensuite, je les raccorderai aux robinets.

— Cool. Et je suppose que les toilettes et la douche fonctionnent.

— Oui, mais je ne m'en sers pas, comme je ne veux pas

risquer de mouiller le meuble avant d'avoir installé le comptoir.

— Alors pourquoi est-ce que j'essuie tout ? Ça ne risque pas aussi de mouiller le meuble ?

— Pas si tu fais attention. C'est juste une éponge humide.

Je m'arrête sur le palier du troisième étage et me tourne à nouveau vers elle. C'était peut-être une mauvaise idée. À en croire son passif à la cuisine, elle a l'air maladroite.

— Je vois que tu as des doutes, dit-elle en levant un doigt, mais je te jure que je ne suis un désastre ambulant que dans la cuisine. Tu n'as pas eu de problème quand j'étais dans la salle d'eau, n'est-ce pas ?

Je réfléchis à ça. Mis à part le fait qu'elle était dans la salle d'eau alors qu'elle n'aurait pas dû être là du tout, elle l'a effectivement laissée en un seul morceau.

Elle me fait signe de reculer et me rejoint sur le palier.

— Est-ce que je prendrais le risque de repartir du mauvais pied avec toi ? Non, vraiment pas. À partir de maintenant, on est une équipe. Je vais tout nettoyer soigneusement, sans mouiller le meuble, et nous allons adorer le résultat. Tu me diras, Josie, tu devrais être celle qui fait tout étinceler dans tous mes boulots. On serait toujours payés très cher !

Je me remets à sourire.

— Celle qui fait tout étinceler ?

— Tout à fait, sourit-elle.

Je secoue la tête et entre dans la chambre qui contient le matériel de nettoyage, où je récupère une éponge, une brosse à récurer et un seau. Je lui tends le tout.

— Sers-toi du robinet de la baignoire pour remplir le seau avec un peu d'eau, qui te servira à rincer l'éponge et la brosse. Si tu as le moindre problème, arrêtes tout et viens me voir. Je serai en train de carreler la douche dans la salle de bains de cet étage.

Je pointe le doigt vers le fond du couloir.

— Elle est située dans ce coin, juste sous la salle de bains où tu seras.

Son visage s'illumine alors qu'elle répond :

— C'est pratique. On va pouvoir s'entendre travailler, ce sera comme se tenir compagnie.

Je garde une expression neutre.

— Les salles de bains sont souvent disposées comme ça, vu que c'est là que passe la plomberie. Ça ne sert pas à se tenir compagnie.

Elle prend un air déçu.

— Bien sûr.

J'éprouve une pointe de culpabilité. Je l'ai blessée. Elle a tellement envie d'être ma coloc' amicale. Je balaie cette émotion. Il faut vraiment que je me concentre. Elle me distrait surtout parce que je n'ai plus été avec une femme depuis un bon moment. Si c'était l'un de mes frères qui travaillait à l'étage du dessus, je n'y aurais même pas réfléchi. Je vais m'efforcer de me trouver une femme – une autre femme – quand j'aurai enfin terminé cette rénovation. Je me retiens de m'excuser auprès d'elle et me dirige vers la salle de bains pour me mettre au travail.

Peu de temps plus tard, je l'entends descendre les marches. *S'il vous plaît, dites-moi qu'elle n'a pas déjà cassé quelque chose.* Je passe la tête dans le couloir.

— Tout va bien ?

Elle sourit, et ses yeux bleus pétillent. Ses cheveux sont noués en arrière en un chignon désordonné, son cou est exposé, ainsi que la courbe douce de son épaule. Je me force à reporter mon regard sur son visage.

— Aucun problème, patron. Je voulais juste aller chercher un truc. Ne me laisse pas te distraire.

— Trop tard, marmonné-je entre mes dents après son départ.

J'étale de la pâte sur la cloison. J'en suis à la troisième rangée de carrelage blanc à motif de briques dans la douche, en partant du bas. J'allume ma musique dans l'espoir d'étouffer le bruit de ce qu'elle fait et de me concentrer. J'ai installé un petit haut-parleur dans la pièce.

Par chance, la musique fonctionne et je trouve un rythme régulier, carrelant et faisant quelques pauses pour aller à la chambre, où j'ai laissé ma scie à carrelages, pour en couper un à placer au bout d'une rangée. Je fais de bons progrès, et j'aime le résultat. Puis j'entends l'eau se mettre à couler au-dessus de moi, et ça ressemble au son d'une douche. Non. Je ne monterai pas. Elle est sûrement en train de rincer les parois de la douche. Pas la peine de paniquer.

J'éteins la musique et écoute. Elle fredonne le générique d'une série. Elle chante très bien, en vérité.

Je me remets au travail. Plusieurs minutes plus tard, la douche coule toujours. Les murs ne devraient-ils pas être rincés, maintenant ? Je ne me sers jamais de cette douche à dessein, pour ne pas risquer d'éclabousser de l'eau sur le meuble en bois exposé, auquel il manque encore le comptoir. Elle a intérêt à avoir bien fermé la porte en verre de la douche.

Je laisse échapper un soupir. Mieux vaut aller vérifier.

Aucune des salles de bains n'a de porte, parce que j'avais besoin de l'espace supplémentaire dans l'entrée pour faire entrer des trucs, c'est pourquoi, quand j'arrive sur le seuil de la salle de bains du quatrième étage, j'ai une vue imprenable sur Josie, nue sous la douche et en train de chanter tout en projetant de l'eau vers le carrelage avec ses doigts dans ce qui ressemble à une chorégraphie de danse jazzy.

Elle est gracieuse, svelte, et ses courbes douces sont couvertes d'eau. Des tétons roses sur des seins rebondis, un ventre lisse et musclé, des hanches évasées, la courbe de ses fesses, des jambes galbées. J'enregistre tous ces détails et mon ventre se serre, le sang afflue dans mes veines. Je dois partir, mais je suis incapable de bouger. Merde. Je suis seul depuis beaucoup trop longtemps.

Elle se tourne légèrement et je m'empresse de reculer.

Aussi furtif qu'un chat, je redescends. Elle peut bien s'adonner à toutes les danses de nettoyage bizarres qu'elle veut, je ne ferai aucun commentaire. Au moins, la porte en verre était bien fermée. Je nettoierai les dégâts qu'elle fera en sortant de là après coup, quand je serai sûr qu'elle est habillée. C'est de l'instinct de survie, ni plus ni moins.

Elle continue de chanter.

Je me remets au travail, mais je suis en surchauffe et je n'arrive pas à me concentrer. Ses douces courbes mouillées sont gravées dans mon cerveau. Bon sang.

Je descends au rez-de-chaussée et sors dans la cour pour prendre un peu l'air, en suivant le sentier le long du jardin. Cet endroit me calme toujours. Bon, ce n'est pas si grave. Oui, je l'ai vue toute nue, mais elle ne le sait pas. Aucune raison pour que ce soit bizarre entre nous. C'est alors que je me souviens qu'elle m'a vu nu, dans la douche extérieure, et que je le sais, moi. Super ! On est quittes. On s'est vus tout nus, et maintenant c'est terminé.

Mon téléphone vibre dans ma poche de jean, et je jette un œil à l'écran. Winnie. Je lui ai envoyé un SMS tout à l'heure pour lui demander de m'appeler. J'appuie sur la touche pour décrocher et elle se met immédiatement à parler d'un ton précipité.

— Salut, je suppose que tu as rencontré Josie. J'espère que tu n'es pas trop grognon avec elle.

Alors elle n'a pas oublié de me parler de sa cousine. Elle a délibérément choisi de ne pas me le dire, pour je ne sais quelle raison, comme je commençais à le soupçonner.

— Tu aurais pu me prévenir.

— Tu aurais fait toute une histoire, et j'en ai assez de t'entendre te plaindre. C'est chez moi, et Josie avait besoin d'un endroit où vivre. Je lui ai dit que tu étais un gentleman et qu'elle serait en sécurité là-bas.

Je crispe la mâchoire. Elle se comporte comme si j'étais un moine. Comme si Josie n'avait même pas besoin d'envisager que je puisse essayer de flirter avec elle. Moi qui suspectais Winnie d'avoir envoyé Josie ici pour me distraire, que je ne remplisse pas mes délais et qu'elle puisse me remplacer par un autre entrepreneur. De toute évidence, elles pensaient toutes les deux qu'il ne s'agirait que d'une situation de colocation parfaitement neutre. N'importe quel homme au sang chaud aurait envie de Josie !

— Elle a été effrayée par un homme agressif à L.A, et je savais que tu la rassurerais rien que par ton caractère.

Je fronce les sourcils. Quoi ? C'est alors que je me souviens que Josie m'a demandé si j'avais déjà été garde du corps.

— Qu'est-ce qu'il s'est passé ?

— Elle lui a dit non, ce qui l'a rendu agressif. Elle s'est enfuie et a appelé le 911. Elle a réussi à se protéger, mais il lui a fait peur. Je lui ai proposé de rester vivre avec moi, mais elle ne voulait pas s'immiscer entre moi et Colin. Nous n'avons qu'une chambre. La maison de notre grand-mère a bien assez de place.

Je me passe une main dans les cheveux. Josie a été pourchassée par un agresseur qui n'a pas supporté qu'on lui dise non ? Et moi qui ai passé mon temps à lui grogner dessus. Non pas qu'elle ait semblé intimidée. Elle n'a pas l'air très méfiante. Tout cet enthousiasme démonstratif, son expression qui expose toutes ses pensées et ses émotions, son corps nu et sexy. *Ne pense pas à ça. Ça n'est jamais arrivé.*

Je me renfrogne.

— C'est une distraction. Elle va me ralentir, et je n'ai aucun endroit où la mettre quand j'aurai commencé à travailler sur la cuisine. Elle ne peut pas vivre dans une zone de démolition.

— Tu vis dans une zone de démolition, et tu t'en sors très bien. Tu l'utilises juste comme excuse pour ne pas finir le travail. On a besoin de mettre le logement sur le marché au premier juin. Colin veut nous acheter une copropriété sur l'Upper East Side, et il a repéré une opportunité dans un bâtiment très prestigieux. On a un entretien avec le syndic de la copropriété ce soir.

Son ton hargneux me met sur les nerfs, et je réfrène un juron. Monsieur Plein Aux As a encore frappé. Je ne peux laisser mon irritation contre Winnie me mettre en froid avec elle. Je veux conserver ce job et le terminer selon mes critères. Ce projet est le mien depuis plus d'un an. C'est un défi personnel, un rare bijou historique que j'ai l'occasion de restaurer tout seul. Et cela ne fera pas de mal non plus d'avoir ça dans le portfolio de Rourke Management. Mon entreprise familiale se diversifie de la construction pour se lancer dans le développement immobilier, et cet endroit est l'exemple parfait de la valeur d'une rénovation.

— S'il te plaît, Sean. Contente-toi d'aller au bout. Je te fais confiance pour faire ça bien. C'est la seule raison pour laquelle j'ai laissé ce projet s'éterniser aussi longtemps, mais il faut que ça se termine.

— Je sais, dis-je entre mes dents serrées. Il m'a fallu prendre une semaine de congés pour progresser ici.

Et tu m'as jeté un obstacle sexy dans les pattes, avec ta cousine.

— Super ! Je te suis vraiment reconnaissante. Au boulot, maintenant ! Ah ah. Salut !

J'appuie sur la touche pour raccrocher et remonte à l'étage, déterminé à avancer. Je commence à poser mon carrelage et remarque que la douche est éteinte, au-dessus de moi. Josie s'est remise à chanter, mais je ne reconnais pas la mélodie. Elle est sûrement à quatre pattes, en train de nettoyer le carrelage au sol. Habillée, j'espère. Évidemment qu'elle est habillée ! Je monte le volume de ma musique, étouffant le son de sa voix.

Un petit moment plus tard, je sursaute en sentant une tape sur mon épaule. Je me retourne, agacé par cette interruption, mais c'est alors que Josie m'adresse son sourire rayonnant. Je ne peux pas grogner sur la femme venue ici à la recherche d'un endroit sûr, après qu'un connard agressif s'en soit pris à elle. Surtout sachant que le fiancé de Winnie lui donne des frissons. Je suis tout ce qu'elle a, et je déteste l'idée qu'une personne aussi épanouie et amicale qu'elle ait pu se sentir menacée.

— Terminé ! s'exclame-t-elle. Tu veux monter pour jeter un œil ? Je crois que tu vas apprécier le résultat étincelant.

— Je suis sûr que c'est parfait.

Je vais jouer le rôle du garde du corps, veiller sur elle et garder les mains dans mes poches. Sûrement plus que d'habitude. Je réprime un grognement. Ça va être une torture.

Elle se rapproche. Des mèches de cheveux roux se sont échappées de son chignon encore humide après sa petite danse de nettoyage sous la douche. Une image de la Josie nue passe devant mes yeux, et je me concentre sur ses doigts de pieds, qui dépassent de ses sandales. Même ses doigts de pieds sont mignons.

— C'est super, dit-elle. Mis à part le lavabo, les tuyaux et le comptoir manquants. Tu es sûr de ne pas vouloir examiner mon travail, patron ?

— Je vais te croire sur parole.

— Viens voir, insiste-t-elle en me faisant signe de la suivre.

— Je suis occupé, dis-je en me concentrant à nouveau sur mon carrelage.

Elle veut un garde du corps, et c'est tout ce que je serai.

— C'est quoi, ton numéro ? Je vais prendre quelques photos et te les envoyer. Ça ne te prendra qu'une seconde d'y jeter un œil.

Elle est si persistante que j'ai beaucoup de mal à ne pas me mettre à grogner. Je me tourne vers elle et elle me rend mon regard, pleine d'espoir. Je suppose que ce genre de persistance est nécessaire, pour continuer à passer des auditions alors qu'on est rejeté encore et encore. Je lui donne mon numéro, même si j'ai l'impression de faire un autre pas vers elle. Elle va sûrement m'envoyer des messages régulièrement, maintenant, et je devrais lui répondre pour qu'elle n'ait pas le sentiment que nous ne sommes pas des colocataires amicaux. Alors que je n'ai jamais voulu de colocataire ! Surtout pas d'une femme nue belle et sexy comme *amie*.

Pas nue. Arrête. Elle est habillée alors qu'elle m'ajoute à ses contacts, mais je vois encore son corps dans ma tête. Même habillée, elle est époustouflante. Sa poitrine est pulpeuse sous son tee-shirt vert, dont le bord court n'arrête pas de m'offrir des aperçus de ses abdos. Son pantalon de yoga moule ses hanches généreuses et ses jambes athlétiques.

Elle se retourne et monte à l'étage. La courbe douce de ses fesses...

Bon sang.

4
————

Josie

Je crois vraiment avoir prouvé ma valeur en tant qu'assistante de rénovation. Peu importe sur quoi travaille Sean, je suis là pour lui tendre un outil, un carreau ou un verre d'eau. J'ai essayé d'ajouter de la pâte sur les carreaux en avance pour qu'il n'ait plus qu'à les poser, mais ça ne s'est pas bien passé *du tout*.

Apparemment, il faut étaler la pâte sur le mur, pas le carrelage, et il est *le seul* à pouvoir toucher à ce truc. Dans tous les cas, je l'ai étudié de près pendant qu'il travaille. Qui sait, je jouerai peut-être un ouvrier du bâtiment dans un film, un jour.

Nous sommes dans la salle de bains du troisième étage, comme d'habitude. En fait, je suis dans le couloir, selon ses instructions, pendant qu'il carrelle le sol. Bon, j'ai peut-être exagéré un chouïa en disant que Sean m'avait accepté en tant qu'assistante. J'ai le sentiment qu'il me tolère à peine, parfois, alors que j'ai passé toute la semaine à me rendre indispensable. Comme en ce moment : j'ai un verre d'eau pour lui dans une main, et une poignée d'espaceurs en plastique dans l'autre, que je lui tends chaque fois qu'il en a besoin. En plus de me rendre utile pour la rénovation, je mets la table pour qu'il puisse dîner tous les soirs, et nous sers la commande qu'on s'est fait livrer, pour qu'il puisse s'asseoir et profiter d'un dîner agréable en ma compagnie. Nous mangeons sur l'îlot de la cuisine, assis sur les deux tabourets en bois. Je nettoie aussi après. Je suis prête à tout pour alléger sa charge de travail.

Nous sommes jeudi et, malgré les progrès importants que nous avons faits dans sa salle de bains, il est encore plus grognon et tendu que jamais. Il ne répond à mes tentatives pour faire la conversation que par quelques mots brefs. Parfois même un simple monosyllabe. Ça gâche presque son corps sublime, en sueur et musclé. Presque.

Je le regarde transporter un grand morceau de carrelage au coin de la pièce. Il émane de lui un pouvoir masculin à l'état brut, dans son tee-shirt noir trempé de sueur, son jean et ses bottes de travail. Ses cheveux brun sombre sont ébouriffés de manière sexy, après qu'il a passé sa main dedans. Et il a les yeux bleus les plus magnifiques que j'aie jamais vus, sans parler de sa mâchoire carrée et mal rasée et de son cou musclé. J'ai étudié son cou sous tous les angles, et il y a quelque chose de si masculin et sexy, chez lui. Alors oui, je ne me suis pas gênée pour le reluquer au nom de mon désir à sens unique. C'est assez drôle, quand on n'a pas à s'inquiéter qu'il vous rende la pareille. S'il avait vraiment été intéressé par moi, il m'aurait au moins souri de temps en temps. Et puis, Winnie n'apprécierait pas *du tout* que je drague son ex. Genre, il y a un million d'hommes dans le monde, et il a fallu que tu choisisses mon ex ? La situation serait embarrassante, tendue, et il y aurait peut-être même un peu de jalousie dans l'air. J'ai imaginé tout le scénario et conclu, tout bien considéré, qu'il ne serait que mon fantasme.

— Comment vous vous êtes rencontrés, Winnie et toi ? demandé-je.

— Une collecte de fonds.

Quelques mots brefs.

Mais je suis intriguée, alors je continue :

— Laisse-moi deviner, elle t'a gagné à une enchère de célibataires et t'a ramenée à la maison.

Il hausse un sourcil, mais garde les yeux rivés sur son travail.

— Non.

Monosyllabe.

— Oh, allez, c'est une superbe histoire de rencontre.

Il continue à carreler.

Je n'ai même pas droit à un monosyllabe, cette fois.

— OK, je vais mordre à l'hameçon. C'était une collecte de fonds pour quoi ? Comment vous êtes-vous mis à discuter ?

— Quelle importance ? demande-t-il sans prendre la peine de lever la tête.

— Je suis curieuse. Vous me semblez former un couple inhabituel, c'est tout. Elle est si cultivée et sophistiquée…

— Et moi non, termine-t-il platement.

— Et tu es un pragmatique qui a les pieds sur terre.

Il ne me contredit pas, se contentant d'aller récupérer un autre grand carrelage. Dès qu'il revient, je reprends :

— C'était une collecte de fonds pour la galerie d'art ?

Il pousse un soupir très viril.

— C'était une collecte de fonds pour l'association Habitat pour l'Humanité. Je les aide à construire des maisons depuis des années, et le directeur m'avait demandé si je pouvais les aider à organiser la collecte de fonds. C'est ce que j'ai fait. Je l'ai rencontrée dans un restaurant de levée de fonds, ici à Park Slope.

— C'est quoi, un restaurant de levée de fonds ?

— Le propriétaire du restaurant accepte d'organiser un dîner durant une soirée d'habitude tranquille. J'attire des clients et une portion des profits de la soirée est reversée à Habitat pour l'Humanité. Ça marche vraiment bien. Les gens aiment sortir pour une bonne cause, et le propriétaire du restaurant apprécie de faire salle pleine lors d'une soirée peu animée. C'est aussi bon pour les affaires subséquentes du restaurant. J'en ai déjà organisé des tas comme ça.

— Alors Winnie était dans le coin et a décidé de venir ?

— Oui, répond-il en se remettant à carreler.

Je souris un peu, imaginant la scène.

— Tu étais sûrement bien habillé, et tu arborais ton sourire le plus charmeur. Tu l'as séduite avec tes manières de gentleman, et elle est tombée sous le charme.

Il éclate de rire. *Un point pour moi !* C'est la première fois que je le fais rire. Une étincelle brille dans ses yeux bleus quand il lève la tête.

— Tu as tout compris. Elle a dit que j'étais un gentleman charmant. J'aimais peut-être jouer ce rôle.

— Mais au fond, ce n'est pas ce que tu es, et c'est pour ça que vous avez fini par rompre.

Il arrête de sourire.

— On a rompu parce qu'elle est partie vivre avec un autre homme.

Je prends une brusque inspiration.

— Elle t'a trompé.

Son visage se ferme.

— Elle m'a dit que c'était une affaire de cœur, et pas de corps, répond-il d'une voix égale.

— C'est la même chose ! Oh, Sean, je suis tellement désolée. C'est affreux.

Il se remet au travail.

— Je n'ai pas envie de parler d'elle.

Je suis vraiment surprise que Winnie ait fait un truc pareil. C'est quelqu'un de sincèrement gentil. Colin a dû lui faire tourner la tête. Les voies de l'amour sont impénétrables, je suppose. Je n'ai encore jamais connu ça, mais je suis jeune, j'ai largement le temps. En plus, je suis née le jour de la Saint-Valentin, ce qui veut dire que je suis faite pour connaître une relation romantique éblouissante, un jour. J'en suis certaine.

Je remarque sa mâchoire serrée. J'ai de la peine pour lui, maintenant, après avoir abordé ce sujet sensible avec Winnie. Je garde le silence et le regarde travailler. C'est assez incroyable, la façon dont il place tout à la perfection. Il serait si facile de faire n'importe quoi. Il doit couper beaucoup de carrelages pour qu'ils rentrent aux bons endroits.

J'applaudis quand il pose le dernier carreau du coin.

— Tadaa ! Le sol est terminé !

Il me regarde par-dessus son épaule, toujours accroupi au sol.

— Non.

Zut. Les monosyllabes sont de retour.

— Qu'est-ce qu'il te reste à faire ?

— Les joints, répond-il en se redressant.

Encore une réponse laconique.

— Et après quoi ?

Il ne pourra jamais me répondre avec un monosyllabe.

Il pose les mains sur ses hanches et s'étire le dos.

— Je suis vraiment obligé de te soumettre mon emploi du temps ?

Ma satisfaction d'avoir obtenu plus de mots de lui est légèrement refroidie par son ton grincheux.

— Je suis ton assistante de rénovation.

Il prend un air sceptique, comme toujours quand je dis ça.

— Et je considère ça comme un exercice d'acteur intensif pour le personnage d'ouvrier du bâtiment super talentueux.

Il se détourne et ouvre la fenêtre, mais j'ai le temps d'apercevoir un léger frémissement de lèvres. Il a apprécié mon compliment. Je remarque toujours les micro-expressions, les minuscules changements indicateurs d'une émotion. Tout ça fait partie de ma boîte à outils d'actrice. Les gros plans capturent ce genre d'expressions nuancées.

— Alors ? demandé-je d'une voix taquine. Qu'est-ce qu'on fait ensuite, patron ?

J'avais remarqué qu'il me parlait plus quand je l'appelais comme ça.

Il pousse un brusque soupir.

— Quand les joints auront séché, je peindrai les murs, et ensuite j'installerai les toilettes, les meubles, les luminaires et le porte-serviettes. Puis je ferai installer les comptoirs. Il y aura deux meubles séparés dans cette pièce-là.

— Fantastique ! Alors quand est-ce qu'on démolit la cuisine ?

Il se renfrogne.

— *On* ne démolit rien du tout. *On* ne fait rien. *Je* m'occuperai de la démolition ce week-end.

— Je sais utiliser un marteau. J'ai vu des gens ordinaires le faire, dans l'une de ces émissions de rénovation de maisons.

— Tu n'as rien de mieux à faire que de me suivre partout ? aboie-t-il.

Je me hérisse, parce qu'il ne m'a plus aboyé dessus comme ça depuis le moment où j'ai emménagé ici sans prévenir. La plupart du temps, il emploie un ton très égal, bien que monosyllabique.

— Tu sais, si je devais rénover une maison dans des délais serrés, j'accepterais toute l'aide disponible. Je suis une main-d'œuvre gratuite, et tout ce que tu sais faire, c'est me grogner dessus.

— C'est *moi*, la main-d'œuvre gratuite. *Toi,* tu es une squatteuse de canapé qui s'est invitée ici toute seule.

— J'ai *été* invitée, rétorqué-je.

Je pose les espaceurs et le verre d'eau dans le couloir et m'en vais. S'il tient à se montrer aussi ingrat, alors il peut faire une croix sur ma présence en tant qu'assistante de rénovation et coloc' utile et amicale. Nous serons comme deux navires dans la nuit, qui ne se croisent jamais.

— Josie.

Je fais volte-face. Il se tient dans le couloir. Il n'a pas l'air très amical, mais il n'arbore plus son air renfrogné. Il va peut-être même s'excuser de m'avoir aboyé dessus.

— Oui ?

— Je démolis la cuisine samedi matin. Choisis une chambre au dernier étage pour y dormir demain soir.

Il a parlé d'un ton égal, comme si nous étions de nouveaux colocataires, et pas des gens agacés coincés l'un avec l'autre, alors que c'est exactement ce que je commence à ressentir. C'est lui qui est agaçant. Je n'ai jamais été plus serviable de ma vie.

Je lui adresse un salut désinvolte. Je n'ai pas envie de me disputer avec mon colocataire agaçant/homme fantasmé/garde du corps officieux.

— Sers-toi à dîner tout seul, ce soir. Je vais en ville pour mon cours d'impro.

Il hausse un sourcil.

— À quelle heure rentres-tu ?

— Pourquoi ? J'ai un couvre-feu ?

— Je n'ai pas envie d'être surpris si j'entends un bruit dans la nuit.

— Détends-toi. Le cours se termine à huit heures et demie. Je ne rentrerai pas si tard que ça.

Je me dirige vers l'escalier.

Sa voix grave s'élève derrière moi, me faisant sursauter. Il est aussi furtif qu'un ninja.

— Envoie-moi un message si tu veux que je te rejoigne à la station de métro pour t'accompagner jusqu'à la maison.

Je me retourne, surprise de cette gentille proposition.

— Merci, mais c'est seulement à quelques pâtés de maisons d'ici. J'ai la foulée rapide d'une New-Yorkaise.

— D'où est-ce que tu viens ?

C'est la première question personnelle qu'il me pose depuis qu'on s'est rencontrés, il y a quatre jours. Il commence peut-être à m'apprécier.

— J'ai grandi en parcourant le monde, je voyageais au rythme de la carrière de ma mère. C'est une chanteuse d'opéra. Mais je suis allée à la fac de New York, alors je suis habituée aux rues dangereuses, ris-je.

— À plus tard, marmonne-t-il avant de repartir travailler.

Je suppose qu'il ne m'apprécie pas tant que ça, mais j'aime bien qu'il craigne pour ma sécurité. C'est vraiment un excellent garde du corps officieux. Je dors sur mes deux oreilles, depuis mon arrivée ici. C'est si agréable, de savoir que ce grand corps musclé dort juste à l'étage. Pour des raisons de sécurité.

Et quelques fantasmes.

~

Sean

Je ne me sens pas dans mon assiette, et je ne sais pas pourquoi. J'ai terminé les joints à temps pour en rester là et prendre un dîner tardif, je suis donc dans les délais que je me suis imposés moi-même. Je devrais me sentir bien, alors que je mange les restes de nourriture Thaï devant l'îlot de la cuisine tout en regardant le match des Yankees sur mon ordinateur portable. J'ai beaucoup avancé, malgré des circonstances très difficiles. Ce n'est pas facile, de se concentrer sur le boulot quand Josie plane non loin, avec ses manières sexy et enjouées. Je me passe une main sur le visage. Bon sang. Est-ce qu'elle me manque ? Elle s'est jointe à moi pour le dîner tous les soirs de cette semaine, ici même, autour de l'îlot, et m'a confié ses expériences d'auditions et toutes les sortes de cours de comédie qu'elle a suivis. Je n'avais rien à ajouter, tout ça était nouveau, pour moi, mais cela n'a jamais paru l'ennuyer. Elle me sourit beaucoup. Cela fait pétiller ses yeux bleus, rosir ses joues, et une énergie chaude émane d'elle, illuminant mes journées.

Qu'est-ce qui ne va pas, chez moi ? J'ai enfin l'occasion d'être un peu au calme, et je suis là à l'imaginer sourire.

Je secoue la tête et finis mon dîner, balayant toute pensée concernant Josie de mon esprit. Après avoir fait la vaisselle et jeté la boîte de nourriture à emporter, je me dirige vers le canapé sur lequel je n'ai plus eu l'occasion de me détendre depuis qu'elle a emménagé. C'est mon coin privilégié. Sa couverture polaire rose et son oreiller sont pliés avec soin à un bout du canapé. Je m'assois du côté opposé et m'étends pour regarder le match sur mon ordinateur portable.

Le temps passe lentement, et je me rends compte que je tends l'oreille dans l'attente de son retour. Il est neuf heures et quart. Elle m'a dit que son cours se terminait à vingt heures trente, elle devrait donc être de retour vers neuf heures et demie ou dix heures, selon l'endroit de la ville où a lieu son cours. Nous ne sommes qu'à quarante minutes du centre-ville.

Les Yankees remportent quelques manches supplémentaires, et elle n'est toujours pas rentrée. Il est vingt-deux heures trente. Je regarde mon téléphone. Pas de SMS de sa part. Elle ne m'envoie pas beaucoup de messages, vu qu'elle est toujours sur mon chemin, mais tous les soirs, elle m'en envoie un pour me prévenir que le dîner est prêt. C'est très familial, comme habitude, ce qui est bizarre, sachant que ce n'est pas elle qui fait la cuisine. Tout ce qu'elle fait, c'est poser la nourriture à emporter dans des assiettes. Ça n'a rien d'in-croyable.

Où est-elle ? Devrais-je lui envoyer un message ?

La dernière chose dont j'ai envie, c'est de donner l'impres-sion de m'inquiéter pour elle. Elle m'a dit qu'elle était habi-tuée à la ville. Elle peut sûrement retrouver son chemin jusqu'à Brooklyn en toute sécurité. Elle n'a pas besoin que je joue les chiens de garde surprotecteurs avec elle. C'est la seule raison pour laquelle je la laisse traîner ici pendant que je travaille, même si elle constitue une énorme distraction. Elle a l'air plus détendue quand elle est près de moi, et je crois que c'est parce qu'elle se sent en sécurité.

Je pose mon ordinateur portable de côté et passe la porte d'entrée, puis je jette un œil dans la rue à sa recherche. Rien. Devrais-je partir à pied jusqu'à l'arrêt de métro ?

OK, je vais faire une petite balade. Ça ne veut pas dire que je suis inquiet. Je suis autorisé à me promener quand j'en ai envie. Beaucoup de gens se promènent dans le coin. Je n'arrête pas de tourner la tête vers eux, mais aucun d'eux n'est la beauté rousse que je passe mon temps à ignorer, d'habitude.

Je rentre après ma promenade jusqu'au métro et m'installe à nouveau sur le canapé, sauf que cette fois, je n'arrive pas à me détendre. Il est bien plus de vingt-deux heures trente. Elle devrait être rentrée, maintenant. Je vais lui envoyer un message. Je pose l'ordinateur portable à côté de moi et sors mon téléphone. Attendez un peu. Ai-je vraiment envie de franchir cette limite ? Elle croira que j'ai pensé à elle quand elle n'était pas là. Cela implique un peu plus qu'une relation de colocataires. Les femmes interprètent toujours ce genre de trucs.

Je jette un coup d'œil à la porte. Et puis merde.

Je m'attendais à ce que tu sois rentrée, à cette heure. Où es-tu ?

J'efface le message. J'ai l'air trop inquiet.

Où a lieu ton cours d'impro ?

J'efface. Je ressemble à un harceleur.

Eh, le métro est tombé en panne ?

Mes doigts planent au-dessus de la touche d'envoi. Est-ce assez désinvolte ? La porte s'ouvre et j'efface immédiatement le message.

Elle rentre dans la maison, les joues rouges. Elle porte un chemisier à froufrous violet clair, un jean moulant et des talons noirs. Ses cheveux roux sont détachés et retombent en une légère vague, ses lèvres roses. Elle porte de petites créoles en argent aux oreilles et elle a dessiné une ligne sombre sous ses yeux bleus, qui les rendent plus frappants. Je la vois si souvent uniquement vêtue d'un tee-shirt et d'un pantalon de yoga décontractés, sans maquillage, que je ne peux m'empêcher de remarquer le moindre détail. Elle est glamour de manière désinvolte, une future star de cinéma que je n'arrive pas à me sortir de la tête.

— Salut, patron !

J'adore quand elle m'appelle comme ça. Je ne sais pas pourquoi. Peut-être parce que je suis le deuxième né, et qu'on a préféré donner le poste de directeur à mon frère aîné. Je n'ai jamais été le grand manitou. Et tous mes instincts me hurlent de le devenir. *Reste calme. Garde tes distances.*

— Tu es en retard.

Elle pose mon ordinateur portable sur le large rebord de la baie vitrée derrière le canapé et se laisse tomber à côté de moi.

— On est allés boire un verre, après. Le cours était si drôle. Comment s'est passée ta soirée ?

J'ai l'air d'un connard surprotecteur, mais je ne peux m'en empêcher.

— Je suis fatigué, et je voulais aller me coucher, mais je n'arrivais pas à me détendre alors que tu n'étais toujours pas rentrée alors que tu m'as dit que tu le serais, à cette heure.

Elle écarquille les yeux.

— Tu es vraiment en train de gâcher mon bien-être post-martini. Qu'est-ce qu'il y a ?

— Tu m'as dit que ton cours se terminait à vingt heures trente. Je m'attendais à ce que tu rentres il y a une heure.

Elle appuie son épaule contre la mienne et lance :

— Oooh, est-ce que mon chien de garde s'est inquiété ?

— Bien sûr que je me suis inquiété. Tu n'es pas du tout prudente, tu souris tout le temps, tu te montres affable et amicale avec tout le monde, et tu devais rentrer à pied toute seule tard le soir.

Elle m'adresse son sourire chaleureux et rayonnant, et une lueur amusée danse dans ses yeux bleus.

— Ridicule. Je crois que tu peux l'admettre, maintenant. Tu as fini par m'apprécier. Tu te soucies de moi.

— Je ne… écoute, j'étais juste inquiet, dis-je en gardant les yeux fixés droit devant moi.

Elle m'étreint le bras, et ma peau se réchauffe à son contact. Elle a une odeur sucrée, comme des fleurs fruitées.

— Parce que tu m'apprécies. Ce n'est pas si mal de m'avoir auprès de toi. N'est-ce pas, coloc' ?

Je me lève brusquement, réalisant que c'était une erreur de l'attendre. Je dois prendre mes distances, et vite. Elle est bien trop attirante, dans son état détendu par le martini.

— La prochaine fois, envoie-moi un message si tu dois rentrer plus tard que tu me l'avais dit.

Je me dirige vers l'escalier.

—Sean ?

Je m'arrête, mais ne me retourne pas.

— Quoi ? grogné-je de mon ton le plus féroce.

Silence.

Je me retourne pour voir si je l'ai vexée avec mon ton dur. J'ai désespérément besoin de prendre mes distances, c'est tout.

Elle me lance un regard espiègle.

— Tu devrais venir au cours d'impro avec moi, la prochaine fois. Je crois que ça t'aiderait à te détendre.

—Je n'ai pas le temps de suivre des cours d'impro.

Elle se lève et s'avance lentement vers moi, en balançant des hanches. Tous mes sens se mettent en alerte. Elle reprend la parole dans un ronronnement rauque.

— Mais tu t'inquiéterais moins, si tu pouvais marcher avec moi jusqu'à la maison, n'est-ce pas ?

Je déglutis.

— Je ne m'inquiétais pas vraiment. Je me posais des questions. C'est différent.

Elle réduit la distance et me sourit.

— Ça te tuerait d'admettre que tu m'apprécies ?

Oui. Parce que ce serait me rapprocher un peu trop de toi.

— Je veux juste que tu sois en sécurité. Winnie m'a parlé de ce type, à L.A.

Elle fronce les sourcils.

— Ah oui.

— Je ne laisserai personne t'ennuyer. Tu es en sécurité, ici. Mais tiens-moi au courant pour que je sache quand je dois me faire du souci.

Elle se mord la lèvre inférieure, et mon estomac se crispe.

— Je peux te confier un secret ?

J'hésite, parce que ça me paraît trop intime, mais elle continue quand même.

— Depuis que j'ai emménagé avec toi, je n'ai plus fait un seul cauchemar au sujet de cet homme horrible. Je me sens apaisée, alors, merci.

— Euh, avec plai…

Je m'interromps, surpris, quand elle passe ses bras autour de ma taille pour me serrer contre elle. Sa joue est pressée contre mon torse et, quand je baisse les yeux, je vois qu'elle sourit. Ah, bon sang.

Je passe les bras autour d'elle et laisse échapper un soupir qui ressemble presque à du soulagement. Elle est là, elle est en sécurité, et c'est étonnamment agréable de l'avoir dans mes bras. Le soulagement se transforme soudain en une conscience aiguë de son corps chaud pressé contre le mien. J'ai passé la semaine à la tenir à distance, et maintenant, elle éveille en moi un désir que j'ai implacablement réprimé, en mobilisant toute la volonté que je possède. Je ne sais pas s'il me reste encore beaucoup de volonté en réserve.

Elle lève la tête, les yeux doux.

— Je suis contente que tu sois mon garde du corps officieux et mon colocataire.

Ne l'embrasse pas.

— Combien de verres as-tu bus, ce soir ?

— Un martini. Juste assez pour être agréablement éméchée.

Un martini, ce n'est rien du tout.

Elle soupire et suit du doigt l'un de mes biceps, les yeux fixés dessus.

— Je suis une petite nature.

N'embrasse pas la fille bourrée.

— Tu n'es pas une grosse buveuse, hein ?

— Non. Et toi ?

— Je bois juste une bière de temps en temps.

— Hum hum.

Ses deux mains se referment de chaque côté de mon cou et glissent le long de mes épaules.

— Tu es si joliment musclé, et j'adore ton cou. Il est épais et tendu.

C'est la première fois qu'on me dit ça.

— Merci.

Je laisse retomber mes mains et fais un pas en arrière.

— Bonne nuit.

— Attends !

J'obéis, même si l'étincelle espiègle dans son regard me rend méfiant.

Elle se rapproche d'un pas et me regarde de sous ses cils. Je suis en territoire dangereux, mais je n'arrive pas à m'en aller.

— En improvisation, quelqu'un suggère quelque chose et l'autre doit dire « oui » et jouer le jeu. Tu as envie d'essayer avec moi ?

— Je ne suis pas un acteur, réponds-je d'une voix rauque.

— Contente-toi de tenter le coup. Tu dois dire « ferme les yeux, Josie. »

— Ferme les yeux, Josie.

Elle les ferme et lève son visage vers le mien.

— Oui, et embrasse-moi.

Je suis tenté, tellement tenté.

Elle ouvre les yeux et les rive aux miens l'espace d'un instant intense. Puis elle glisse la main le long de ma nuque, plonge les doigts dans mes cheveux et m'attire vers elle tout en fermant les paupières. Je ne résiste pas. Est-ce de la curiosité ? De la solitude ? Ou tout simplement du désir ? Je ne sais pas, et je m'en fiche. Mes lèvres rejoignent les siennes en un doux baiser qui m'en fait vouloir plus. Je ne peux céder à ce désir. C'est la cousine de mon ex, et elle partira d'ici dès qu'elle en aura l'occasion.

Je m'écarte, mais elle m'attrape la tête et m'attire à nouveau vers elle pour un autre baiser. Un désir brut afflue dans mes veines. J'approfondis le baiser, et au premier contact hésitant de sa langue contre la mienne, je perds l'emprise de fer que je maintenais sur moi-même et plonge avec avidité. J'enroule ma main dans ses cheveux tandis que l'autre se referme sur ses fesses et la presse contre moi. Un désir comme je n'en ai encore jamais ressenti submerge ma raison. Elle me rend mon baiser de manière passionnée, et je me perds dans sa douce chaleur.

Soudain, elle rompt le baiser.

— On ne devrait pas faire ça, dit-elle. Tu es l'ex de ma cousine. C'est bizarre.

— Tu t'en vas dès que tu auras eu ton pilote.

Elle m'adresse un sourire rayonnant.

— Tu crois vraiment que je vais l'avoir ?

— C'est plus facile de penser comme ça.

— Pourquoi ?

J'ouvre la bouche, puis la referme. Pourquoi n'ai-je pas envie de me rapprocher d'elle ? Au diable Winnie. Elle m'a quitté. Et si Josie restait dans le coin ?

Je ne suis pas prêt pour une autre relation. Voilà le problème. Mais j'ai aussi tout fait pour éviter d'avoir une aventure avec elle. Il y a quelque chose de dangereux, chez Josie, comme si je pouvais craquer désespérément pour elle, et ne jamais m'en remettre. C'est une raison suffisante pour garder mes distances. Je n'ai pas envie de me brûler les ailes encore une fois.

— Bonne nuit, coloc', dis-je.

Je laisse retomber mes mains de son corps et commence à monter les marches.

— Bonne nuit, patron ! lance-t-elle.

Un sourire réticent joue sur mes lèvres. J'ai peut-être vraiment envie d'être patron. Pour la première fois de ma vie, je me demande si je devrais lancer ma propre entreprise. Je secoue la tête. Regardez-moi ça, l'optimisme de Josie a infecté mon cerveau. Comme si je pouvais un jour quitter l'entreprise familiale. Mes racines sont ici, à Brooklyn, avec ma famille et notre entreprise. Josie ira là où sa carrière l'emmène. J'ai bien fait de m'écarter. Nous n'avons aucun avenir, et une partie de moi sait que si nous avons une aventure sans lendemain, ça finira par être plus que ça, pour moi. Je tiens déjà trop à elle.

5

Sean

LE LENDEMAIN MATIN, je me rends à mon vrai travail. Nous sommes vendredi, et notre directeur, mon frère aîné, Dylan, est rentré plus tôt que prévu de sa lune de miel en Italie avec sa femme, Ariana. Leur projet de longer la côte italienne en bateau a été contrarié par une grosse tempête qui avait l'air prête à durer plusieurs jours. Dylan sifflote quand il entre dans les bureaux de notre entreprise. Apparemment, la vie d'homme marié le rend heureux. Je connais très bien Ariana. Nous étions dans la même classe en primaire, et elle vivait à côté de chez nous quand nous étions petits. Elle a toujours été une fille discrète et timide, et c'est sûrement pour ça que je ne me suis jamais intéressé à elle. J'aime les femmes un peu plus fougueuses et énergiques, une gentillesse extravertie qui vous laisse comprendre qu'elle est prête à toutes les expériences. Je ne suis *pas* en train de décrire Josie. Je parle en terme général des filles qui m'attirent quand j'ai du temps et de l'énergie à consacrer à une femme dans ma vie. Ce qui n'est pas le cas en ce moment.

— Salut, dit Dylan en me donnant une tape dans le dos. Prêt à reprendre le vrai boulot ?

— Oui, presque. Je reviens travailler à plein temps lundi. Je venais juste voir si tout allait bien.

Il sourit, une étincelle brillant dans ses yeux bleus, tout bronzé et détendu. Je ne me souviens pas de la dernière fois où je me suis senti aussi détendu, pour ma part.

— Comment ça va ? Tu vas bientôt en avoir terminé avec l'appartement de Winnie ?

— On s'en approche. Je termine la salle de bains, ensuite je devrai faire la cuisine et quelques ajustements par-ci par-là avant les inspections.

Il hoche la tête et se dirige vers le petit coin-cuisine de fortune situé sur une table dans le coin du bureau. Il a recommencé à siffloter.

— Comment c'était l'Italie ?

— Fantastique !

Je me joins à lui alors qu'il se sert un café.

— Tu es drôlement heureux d'être de retour au travail. Ça ne te contrarie pas que tes vacances aient été écourtées ?

— Non. On a quand même bénéficié de cinq jours pour voir tout ce dont on avait envie à Rome et à Venise. On y retournera pour un anniversaire pour visiter la côte. Peut-être avec des enfants.

Il sourit et ajoute :

— Le fait d'avoir un bébé en route, ça donne une toute nouvelle raison d'être à un homme.

J'incline la tête. Ils ont annoncé la nouvelle de la grossesse d'Ariana durant le mariage. Ils voulaient tous les deux fonder une famille tout de suite. Dylan, étant l'aîné, a toujours eu ce côté paternel. Je veux dire, il a beau avoir l'air *badass*, quand il se balade sur sa Harley, avec son tatouage tribal conçu spécifiquement pour souligner son biceps saillant, il a toujours veillé sur ses petits frères. Il a clairement tout ce qu'il faut pour être un bon père. Je le dévisage, une drôle de sensation dans la poitrine. Ce n'est pas que je l'envie. Je suppose que je m'attendais à en arriver à cette étape de ma vie, moi aussi. J'ai trente-et-un ans, et je viens d'une grande famille aimante. Quand je me suis engagé avec Winnie, je pensais vraiment que c'était la bonne. Qu'on allait se marier, avoir une maison, peut-être un chien, et des enfants à un moment donné. J'avais déjà bien assez flirté à droite à gauche. En parlant de ça…

Mes frères arrivent tous en même temps, comme s'ils s'étaient rejoints dans la rue et avaient parlé un peu avant d'entrer – Jack, Connor, Brendan et Garrett. Les gens du quartier disent toujours qu'on reconnaît tout de suite les fils Rourke, parce que nous ressemblons à notre père – la plupart d'entre nous font environ un mètre quatre-vingts, nous avons une carrure athlétique, d'épais cheveux brun sombre, des pommettes hautes et une mâchoire carrée. Nous avons tous les yeux bleus de notre mère, mis à part Garrett. Il a les yeux aigue-marine, comme notre père.

Jack a l'air vaseux, comme s'il avait eu un week-end agité. Il est du genre discret, mais ne vous laissez pas duper par ça, parce que cela dissimule simplement la prochaine blague tordue qu'il planifie. Et il adore faire la fête. Il est celui qui pousse tout le monde à atteindre un niveau supérieur de folie. Le prochain fils de la lignée, c'est Connor. Mes parents disent toujours que Connor était un tel petit ange qu'ils ont eu envie d'avoir un cinquième enfant, Brendan. Il les a stupéfaits, car c'était un vrai petit diable facétieux. Garrett est le plus jeune, à vingt-trois ans. Il est tellement musclé, grâce à tout l'exercice physique qu'il fait, qu'on l'appelle le Fauve.

— Tu as la gueule de bois ? demandé-je à Jack d'une voix forte pour l'embêter.

Mes frères et moi passons notre temps à nous taquiner.

— J'aimerais bien, répond-il. Le voisin du dessus à un chien qui n'arrête pas de japper sans discontinuer. Ça me tient éveillé toute la nuit.

Il se passe une main dans ses cheveux ébouriffés.

— Je vais devoir déménager. Eh, je vais peut-être m'installer chez toi. Tu as la maison de Winnie pour toi tout seul, hein ?

— C'est une zone de construction.

— Je m'en fiche. Je m'en accommoderais.

Je ne veux pas de Jack là-bas. Il voudra séduire Josie. N'importe quel homme le voudrait, et je n'ai pas envie de les regarder partir en rencard ni d'être témoin de ce qu'il se passera après, car ça a toujours été la seule chose qui cherche Jack.

— J'ai déjà un invité et il n'y a plus de place.

— Qui ?

— Personne que tu connais.

Il arbore un sourire narquois.

— Tu as amené une femme chez ton ex ? Est-ce que Winnie est au courant ? Ah ! C'est le va te faire foutre ultime.

— Ce n'est pas un « va te faire foutre. » C'est sa cousine, et c'est Winnie qui lui a dit de s'installer ici.

Je réalise aussitôt que c'était une erreur d'expliquer la situation. Jack a l'esprit vif.

— Donc c'est *bien* une femme.

Je laisse échapper un soupir.

— Oui.

J'attends qu'il se mette à me harceler avec ça. Mes plus jeunes frères n'arrêtent pas de dire que j'ai besoin de remonter en selle pour me détendre un peu. Je n'ai pas besoin d'une femme. Je dois finir la rénovation.

Jack secoue la tête.

— Tu la laisses vivre avec toi, mais pas ton propre frère ? Honte à toi, frérot.

Je sais qu'il dit juste ça pour me casser les pieds, mais je ne peux m'empêcher de ressentir une pointe de culpabilité. Nous avons été éduqués pour nous serrer les coudes.

— C'est une situation particulière. Elle avait besoin de se

sentir en sécurité. Toi, tu vas bien. Et puis, elle va sûrement déménager dans une semaine ou deux.

— Je pourrais m'installer là-bas, après ça ?

— Non. Je devrai passer les inspections, et ensuite le logement ira sur le marché.

Jack refuse de lâcher le morceau.

— Et si on échangeait, moi et la cousine de Winnie ? Elle pourrait s'installer chez moi. C'est un endroit sûr, et elle n'entendra sûrement même pas le chien du dessus. C'est surtout un problème pour moi parce que j'ai le sommeil léger.

— Non, elle doit rester où elle est. Pas d'échange.

Il jette un coup d'œil à nos frères, et je réalise soudain qu'ils nous écoutent.

— Qu'est-ce qu'il y a de si spécial, chez elle ? demande-t-il d'une voix traînante. Pas d'échange. Elle *doit* rester où elle est.

Il sourit d'un air narquois.

Nie tout, nie tout, nie tout.

— Rien du tout.

— Tu l'as déjà rencontrée ? demande Jack à Connor.

— C'est la première fois que j'entends parler d'elle, répond ce dernier avec un sourire.

Jack se tourne vers Brendan et le Fauve. Ils haussent les épaules.

Il reporte son attention sur moi, un éclat malicieux dans le regard.

— Donc, mon petit Sean, à quoi ressemble ta nouvelle colocataire ?

Je hausse une épaule.

— Je sais pas.

Jack sourit plus largement, ce qui n'est jamais bon signe.

— Je suis sûr que tu as bien remarqué *quelque chose*, chez cette femme qui *doit* rester avec toi.

Je la joue détendue et ne leur parle que des détails évidents que n'importe qui aurait remarqués.

— C'est une actrice, elle est rousse, et serviable.

— Serviable comment ? demande aussitôt Jack.

Il échange un regard amusé avec mes frères.

Une chaleur remonte le long de mon cou. Pourquoi est-ce que j'ai dit ça ? Ça ressemble à un truc sexuel.

— Pas comme ça. Elle m'aide avec la rénovation.

Il incline la tête et demande :

— Donc, la cousine de Winnie s'y connaît dans le bâtiment ?

— Non, elle fait des efforts, c'est tout. De gros efforts. Je ne sais pas pourquoi.

Je me sers un café et leur tourne le dos, espérant qu'ils laissent tomber. Je bois une gorgée de café en ignorant le silence qui a envahi la pièce. Je sens les regards curieux de mes frères posés sur moi.

— Tu la paies pour son aide ?

— Non, réponds-je en me tournant vers Brendan.

Il lève la main, paume en l'air.

— Alors c'est évident, dit-il. Elle fait de gros efforts pour se montrer serviable parce que tu lui plais.

Peu importe qu'elle soit attirée par moi, ou que je le sois par elle. Tout ce qui importe, c'est que je ne me retrouve pas brûlé au passage.

— Peu importe, grommelé-je alors qu'une chaleur recouvre mes joues.

Avec un peu de chance, mon début de barbe épais dissimulera ces signes révélateurs de mon embarras.

— Je suis en congé aujourd'hui, pour travailler sur la rénovation, mais je voulais venir voir comme ça se passait ici. Quelles sont les dernières nouvelles ?

Je me tourne vers Dylan, pressé de changer de sujet.

— Ça va, répond Dylan. Il y a ce…

— Les mecs, on a un problème, l'interrompt Jack.

Mes frères se mettent à parler tous en même temps :

— Il faut qu'on visite l'appartement de Sean ce soir.

— Oui.

— Il faut qu'on la rencontre.

— Il rougit, pour l'amour du ciel !

— Personne n'ira chez moi ! m'exclamé-je en levant la main. Je dois travailler, et elle va sûrement sortir.

Je me raccroche à tout ce que je peux.

— Demain soir, alors, dit Jack.

— Elle sort tous les soirs, réponds-je en crispant la mâchoire.

Jack fronce les sourcils.

— Où va-t-elle ?

Je regarde mes frères tour à tour ; ils ont l'air bien trop intéressé de me voir me débattre pour me tirer de cette impasse dans laquelle je me suis acculé tout seul.

— À des endroits différents. Quelle importance ?

Jack sourit d'un air narquois et lance à mes frères :

— Quelqu'un est très susceptible à propos de sa colocataire-actrice rousse et serviable.

Ils ricanent tous.

— Est-ce qu'elle ressemble à Winnie ? demande-t-il en se tournant à nouveau vers moi.

— Pas du tout, heureusement, réponds-je avec un peu trop d'enthousiasme.

Je m'empresse de faire machine arrière :

— Non pas que je les ai comparées. Est-ce qu'on pourrait parler d'autre chose, s'il vous plaît ?

— Je songe à échanger ma Harley contre une voiture, intervient Dylan.

— Nooon ! proteste Jack.

— Blasphème ! m'exclamé-je.

Il conduit des Harley depuis qu'il a dix-sept ans. C'est sa deuxième, et il la maintient en parfaite condition. Dylan est la définition même du dur à cuire qui conduit une Harley.

Il sourit, et ses yeux bleus étincellent d'amusement.

— Les gars, je ne pourrai pas mettre un bébé à l'arrière de ma moto.

— Achète un side-car pour la moto, suggère Brendan.

— Pour un bébé ? rétorque Dylan, incrédule. Tu as entendu parler des sièges de bébé ?

— Pourquoi ne pas garder la moto *et* acheter une voiture ? lui demandé-je.

Ce sera la fin d'une ère, si Dylan devient l'un de ces types qui conduisent une voiture familiale, et je crois qu'on le prend tous un peu personnellement. Il a toujours été notre modèle, en tant que type cool et détendu.

— Ce serait inutile, répond Dylan. Je vais sûrement avoir besoin de deux voitures, pour qu'Ariana et moi puissions nous déplacer tous les deux en toute sécurité avec le bébé, dès qu'on en aura besoin. Il est temps, les gars.

— Une minute de silence pour la fin d'une ère, dis-je en inclinant la tête en avant.

Dylan lâche un rire. Au temps pour ce moment solennel.

— Je peux avoir ta moto ? demande le Fauve.

— Fais-moi une offre, répond Dylan avec un signe du menton vers lui.

Ils se mettent d'accord en quelques minutes. Garrett obtient la Harley en échange de sa Mazda noire sportive équipée d'un excellent système stéréo. Ce n'est pas un mauvais échange. Et au moins, nous n'aurons pas à regarder Dylan conduire une berline. Si ça continue, il aura bientôt un corps mou de papa, des jeans tombants, et il racontera des blagues ringardes.

Dylan nous apprend que les permis ont été signés et que nous pouvons lancer les travaux pour transformer l'ancienne école primaire en espace de bureaux commerciaux. C'est notre premier gros projet de développement sous Rourke Management. Mes frères et moi sommes copropriétaires de Byrne Construction, l'entreprise originale, ainsi que de la nouvelle branche de développement. Raison pour laquelle nous sommes tous investis dans son succès. Le plus cool, dans ce nouveau projet, c'est que nous allons aussi construire des aires de jeux accessibles en fauteuil roulant (tout en restant amusants pour les enfants qui ne sont pas en fauteuil) et aménager le reste du terrain en parc. Cela fait partie de notre initiative de développement, de construire des parcs et des aires de jeux. Nous voulons restituer les lieux à leurs habitants et prendre part à la construction des quartiers. Cela fait longtemps que j'ai envie de me lancer dans le développement immobilier, et je suis enthousiasmé par notre nouveau projet.

Le reste de l'équipe arrive, et je m'attarde un peu quand je vois Dylan me faire signe d'attendre pendant qu'il rappelle la liste des tâches du jour. Une fois qu'il a fini, tout le monde sort pour rejoindre les camions et se diriger vers le site. Nous restons tous les deux en arrière.

— Quand le bébé arrivera, dit-il une fois que nous sommes seuls, je vais prendre quelques congés. Tu es mon bras droit et tu prends le relais quand je ne suis pas là. Ça te convient ?

— Bien sûr.

Dylan et moi sommes proches, nous n'avons que deux ans d'écart et partagions la même chambre quand nous étions petits. Il s'appuie toujours sur moi.

— Merci, dit-il en me donnant une tape sur l'épaule. Je te suis vraiment reconnaissant. Je sais que je peux toujours me reposer sur toi. Je respirerai plus facilement sachant que tu es aux commandes. Et je m'assurerai que tu peux légalement signer tous les trucs financiers.

— J'assure tes arrières. Tu n'as pas à t'en faire.

La fierté me fait redresser les épaules quand je sors du bureau. Je suis engagé auprès de l'entreprise familiale, et c'est très important, pour moi, que mon grand frère sache qu'il peut compter sur moi.

～

Quand l'après-midi arrive, je me sens optimiste vis-à-vis de la rénovation. Les types venus installer le comptoir sont arrivés à l'heure, et maintenant la salle de bains du quatrième étage est terminée. Il n'y a plus qu'à laisser sécher la colle pendant vingt-quatre heures. Je progresse très vite aussi avec la deuxième salle de bains. Si je travaille tard ce soir, je crois pouvoir me lancer dans la démolition de la cuisine dès demain matin.

Je suis content d'être occupé. C'est plus facile d'ignorer l'attirance qu'exerce Josie sur moi, même si elle me suit encore comme mon ombre. De qui je me moque ? Elle est impossible à ignorer, surtout alors qu'elle n'arrête pas de complimenter mon cou, mes épaules et mon dos. Mon préféré est sûrement « Des lignes puissantes de perfection musculaire. » Je suppose que c'est sa manière de flirter, à moins qu'elle ne cherche qu'à susciter une réaction de ma part. Quoi qu'il en soit, je ne mords pas à l'hameçon. J'ai du travail et je n'ai pas de temps à consacrer à une femme, même si elle est sexy et qu'elle n'arrête pas de me tendre des perches.

Termine le travail et tourne la page.

Bon sang, je n'aurais jamais dû lui rendre son baiser. C'était une erreur, et clairement, cela l'a encouragée à en vouloir plus. Je ne prendrai pas ce chemin. Je n'ai pas le temps pour une relation compliquée.

Je récupère la boîte qui vient d'être livrée et l'emmène au quatrième étage. C'est une applique de remplacement que j'attendais pour retirer celle qui est fendue, dans la salle de bains du quatrième étage. La porte de la chambre la plus proche est ouverte, et j'aperçois Josie disposant son oreiller et sa couverture au sol, tout en parlant au téléphone d'une voix enjouée. Je lui ai dit de s'installer ici avant la démolition de la cuisine.

— Tout va bien, dit-elle. Ne t'inquiète pas.

Puis elle dit quelque chose qui me fait m'arrêter net :

— Il a terminé la salle de bains du dernier étage. Celle du

troisième est magnifique, avec les murs peints, les toilettes et les meubles.

Je me rapproche en prenant garde de rester hors de vue.

— Hum hum. Il n'a plus qu'à ajouter les luminaires et les porte-serviettes. Ensuite, il appellera pour faire installer les comptoirs. Il commence à travailler sur la cuisine demain matin.

Elle marque une pause et écoute, puis reprend :

— Je ne suis pas sûre. Je vais voir. Je crois qu'il reprend son boulot de journée lundi.

Une pause, puis :

— Bien sûr que je te tiens au courant !

Puis elle lui parle de ses auditions, ou plutôt de son absence d'auditions, et exprime à quel point c'est dur d'attendre des nouvelles du pilote.

Mon sang se glace dans mes veines. Maintenant, je sais quelle est la vraie raison de la présence de Josie ici – elle m'espionne pour le compte de Winnie. Et moi qui commençais à me dire que Josie était de bonne compagnie. Pas étonnant qu'elle ait passé la semaine à me suivre partout. Elle a agi dans mon dos, exactement comme Winnie. C'est quoi, le problème de cette famille ? Ils sont aussi sournois que des serpents.

Elle dit au revoir et sort de la pièce.

— C'était qui ? demandé-je, même si je suis sûr de déjà le savoir.

Je veux l'entendre de sa bouche.

Elle sursaute et pose une main sur son cœur.

— Ça t'arrive souvent de rôder comme ça ?

— Ça t'arrive souvent d'espionner ?

Ses joues deviennent écarlates.

— Winnie voulait juste quelques nouvelles.

— Elle t'a demandé de m'espionner. C'est ça, la vraie raison de ta présence ici, n'est-ce pas ?

Elle grimace, l'air coupable.

— C'était les deux. J'avais besoin d'un endroit où squatter, et elle voulait que je lui fasse un rapport sur tes progrès.

— Pourquoi ne pas me le demander elle-même ?

— Je te l'ai dit, elle en avait assez de ton caractère grincheux.

En voyant mon air renfrogné, elle ajoute :

— Je n'ai dit que de bonnes choses sur toi !

— C'est parce qu'il n'y a que de bonnes choses à dire, répliqué-je entre mes dents. Je croyais qu'elle me faisait confiance pour bien faire le boulot.

— C'est le cas ! C'est vraiment le cas ! Mais son fiancé lui met la pression pour qu'elle vende, alors elle envisageait d'embaucher un autre contractant, si c'était trop de travail pour toi. Elle sait que tu as un deuxième job.

Je suis si furieux que j'arrive à peine à parler. Je me *tue* pour terminer ce boulot.

— N'essaie pas de donner l'impression qu'elle cherchait à me faciliter la vie. Elle veut se débarrasser de moi, et elle ne veut pas se sentir coupable de m'avoir viré.

Surtout après la façon dont elle m'a quitté, ajouté-je en silence. Ce fut une surprise abrupte et horrible. Winnie sait qu'elle est en tort, me concernant. Le moins qu'elle puisse faire, c'est me laisser finir ce que j'ai commencé.

— Je suis désolée, dit Josie en se rapprochant. Je ne pensais pas que c'était si important, vu que je comptais ne dire que de bonnes choses à ton sujet. Jamais je ne compromettrais l'emploi de quelqu'un, à moins qu'il s'agisse d'un criminel, ou je ne sais quoi.

— Waouh, merci beaucoup. Ça me fait me sentir tellement mieux.

— Je ne veux pas partir tout de suite. Je n'ai plus dormi aussi bien depuis un an.

— Eh bien, dis-je en retroussant la lèvre, tant que tu dors bien.

Je plisse les yeux en réalisant soudain ce qu'elle a fait.

— Tu m'as ralenti à dessein, avec tes constantes amabilités.

Je refuse d'admettre que c'est surtout son corps sexy qui m'a distrait. Je suis trop en colère contre elle. Elle m'a trahi, comme sa cousine. J'aurais dû savoir qu'elles allaient s'associer pour agir dans mon dos. Je ne peux même pas la mettre dehors, étant donné qu'elle a plus le droit d'être ici que moi. C'est la maison de sa grand-mère. Mais j'ai tellement envie de le faire.

— Sean…

Je lève la main pour l'interrompre.

— Je vais terminer le boulot, et ensuite j'espère ne plus jamais vous revoir, ni l'une ni l'autre.

— Attends. Je t'en prie.

Je l'ignore et rejoins la salle de bains. *Termine le boulot. Barre-toi.* J'ouvre la boîte et en sors prudemment la nouvelle applique en verre dépoli.

— Sean, je te jure que je n'essayais pas de gâcher ton travail.

Évidemment, elle m'a suivi. Elle doit encore rapporter le moindre de mes faits et gestes.

— Va-t'en, lâché-je.

— Je vais t'aider à terminer plus vite. Tu veux que je vide les placards de la cuisine ? Que je fasse de la place pour la démolition ? Tout ce que tu veux.

Je me tourne vers elle.

— Ce dont j'ai besoin, c'est que tu t'en ailles, dis-je d'une voix basse et maîtrisée.

Elle se mordille la lèvre inférieure, et je me concentre sur l'installation de l'applique. Je sens son regard posé sur moi, comme d'habitude, sauf que cette fois, cela n'a rien de flatteur. Si je l'ignore assez longtemps, elle finira par se lasser et s'en aller. Même si, jusqu'ici, rien n'a réussi à la dissuader de traîner avec moi.

J'ai un tas de bonnes raisons de garder mes distances : elle m'a espionné, elle s'en va bientôt, et je n'ai pas besoin de me brûler à nouveau les ailes. J'en ai terminé avec elle.

— Je continue de penser que tu es un ouvrier du bâtiment très talentueux, finit-elle par dire.

Je reste concentré sur mon travail et garde la bouche close, réfrénant les paroles dures que j'ai envie de prononcer. Je suis tellement en colère que je ne peux même pas la regarder.

— Je vais vider la cuisine, d'accord ? Je ne pourrai pas faire de bêtise. Je vais juste tout mettre dans des cartons. Tu as des cartons ?

Je lui lance un regard meurtrier.

Bien sûr, je vais tout laisser tomber pour te trouver des cartons. Comme ça, tu pourras dire à Winnie à quel point je progresse lentement.

Elle déglutit visiblement et reprend :

— Je vais trouver quelque chose.

Je termine et remarque soudain à quel point tout est calme, en bas. Je suis sûr qu'elle va essayer de se rendre utile, parce que c'est ce qu'elle fait, que j'en ai envie ou pas. Je ne vais pas aller voir ce qu'elle fait, même si elle a un passif désastreux avec la cuisine. Tout sera démoli demain, alors elle ne peut pas faire bien pire, n'est-ce pas ?

Quand j'ai terminé ce que j'avais à faire dans la salle de bains du troisième étage, j'ai concocté un plan pour me débarrasser de Josie. Elle aime me voir comme son garde du corps, mais je ne veux plus jouer ce rôle. Même si je n'ai jamais rien fait d'autre à part vivre dans le même espace qu'elle. Je sors mon téléphone et appelle ma cousine, Silvia.

Elle vient du côté royal de la famille, c'est une princesse qui vit en ville avec son mari. Et devinez quoi ? Elle a un garde du corps. Ce sont les règles du palais. Il vit dans un appartement tout proche et la suit chaque fois qu'elle sort. Si j'arrive à convaincre Silvia de laisser Josie dormir sur son canapé, elle se sentira en sécurité, avec un vrai garde du corps à disposition. Une partie de moi se refuse à laisser Josie sans protection, même si j'ai vraiment envie de la fourrer dans les pattes de quelqu'un d'autre.

— Allô, répond-elle d'un ton chaleureux.

Silvia est la personne la plus gentille que j'aie jamais rencontrée. Pour moi, c'est principalement grâce à elle si les deux parties de la famille se sont réconciliées. Elle a pris contact avec ma famille alors qu'elle était étudiante à Yale, et elle a réussi à tous nous faire inviter à Villroy pour le mariage de son jumeau, Adrian.

— Salut, Sil. Comment ça va ?

— Très bien, merci. Je suis revenue en ville hier. C'était un très beau mariage, n'est-ce pas ?

— C'était génial. Je, euh, je me demandais si tu pouvais m'accorder une faveur.

— Bien sûr.

— Tu ne veux pas d'abord savoir ce que c'est ?

— Je ferai tout ce qui est en mon pouvoir pour aider ma famille.

Si gentille.

— Je t'en suis très reconnaissant. Je t'ai expliqué que je rénovais la maison de Winnie sur mon temps libre, et j'ai des délais très serrés. Et la cousine de Winnie s'est pointée ici il y a environ une semaine pour squatter mon canapé. Elle a besoin de se sentir en sécurité avec quelqu'un pour la garder. Tu crois qu'elle pourrait s'installer chez toi, vu que tu as un garde du corps ? Elle me ralentit, ici, et j'ai besoin de me concentrer.

— Je ne comprends pas. Si elle a besoin d'un garde du corps, qu'est-ce qu'elle fait là-bas ?

Elle m'espionne, me distrait, me tente. Je ne peux rien révéler de tout ça sans la faire ressembler au genre de personne qu'on n'a pas envie d'accueillir sur son canapé. Je dois souligner ses qualités.

— J'imagine que Winnie pensait que je ferais l'affaire en tant que garde du corps, comme je suis musclé et protecteur.

Josie a juste besoin de se sentir en sécurité, mais je ne crois pas être la bonne personne pour ça. Je n'ai pas été formé pour être garde du corps, et je suis occupé.

— Est-ce que quelqu'un la harcèle ?

— Non. Elle a juste eu une mauvaise expérience avec un type agressif.

— Est-ce qu'il est encore un danger pour elle ?

Je me frotte la nuque et avoue :

— Non. Il vit à LA. Mais elle est vulnérable. Elle serait beaucoup mieux chez toi, avec ton garde du corps.

— Hum...

— Sil, elle ne peut pas rester ici. Elle me distrait.

— Donc d'abord elle est vulnérable, et maintenant c'est une distraction. Quel est le vrai problème ?

J'hésite, ne voulant pas avouer la vérité.

— Sean, je ne peux pas t'aider si je ne connais pas toute l'histoire. C'est parce qu'elle est la cousine de Winnie ? demande-t-elle d'un ton de compassion. Est-ce qu'elle te rappelle Winnie, et éveille de mauvais souvenirs ? Je sais que ça peut être dur, d'oublier une ex, surtout quand elle vous a trahi...

— Elle m'espionne ! m'exclamé-je, ne supportant pas sa pitié. Mon ex l'a placée ici pour qu'elle lui rapporte mes progrès. Elle l'a admis !

— Waouh, elle t'a vraiment énervé. Je ne crois pas t'avoir entendu aussi perturbé depuis le jour où Winnie t'a plaquée. Et s'il y avait bien un moment pour t'énerver, c'était celui-là.

Je pince les lèvres. Et moi qui m'attendais à ce que la gentille Silvia me facilite la vie.

— Écoute, je ne peux pas la mettre dehors. Je ne suis pas chez moi. Tu peux me filer un coup de main ?

— Amène-la dîner chez moi dimanche. On discutera, et je la présenterai à Léon pour voir si c'est vraiment d'un garde du corps qu'elle a envie.

— Merci.

Enfin, elle m'aide. Je suis sûr que Léon aura l'air assez menaçant, avec sa boucle d'oreille, son expression de marbre et son arme dissimulée. Ça, c'est une vraie protection. Et je n'aurais pas besoin d'être tenté par une femme n'étant pas digne de confiance. J'ai déjà été blessé par sa cousine.

— Aucun problème, répond Silvia d'un ton joyeux. On se voit bientôt !

Je la remercie à nouveau et raccroche, un poids en moins sur les épaules. Maintenant, je n'ai plus qu'à aller chercher quelque chose à manger et à prendre une soirée de repos avant le dur boulot de démolition qui m'attend demain. D'ici la fin du week-end, mon problème sera résolu. Je descends à la cuisine, m'attendant à trouver un désastre, mais tout est propre et ordonné. Des cartons sont alignés près du canapé, à l'autre bout de la pièce, et soigneusement étiquetés au marqueur noir. Elle a vidé les placards de la cuisine pour moi.

Elle n'est pas là. Mes épaules s'affaissent. Est-ce qu'elle m'a manqué ?

Je balaie cette idée et me dirige vers le frigo, au cas où il y aurait un reste de quelque chose à manger. Nous nous sommes partagé un plat de nouilles instantanées, hier soir. Plus de nouilles en vue, mais un nouveau repas m'attend dans le frigo : un gros sandwich au poulet et au parmesan emballé dans du papier, sur lequel est collé un ruban adhésif où est écrit « ton dîner. » Quelque chose enfle au niveau de mon cœur. C'était vraiment attentionné de sa part.

Je sors mon dîner, m'installe devant l'îlot et mange. C'est trop calme. Je me suis habitué à dîner accompagné de ses conversations enjouées. Une pointe de culpabilité se fraie un chemin en moi. Ce n'est pas la faute de Josie si Winnie l'a mise dans une position si difficile, en lui demandant de m'espionner. J'ai été trop dur avec elle, et j'ai reporté ma colère contre Winnie sur elle. Maintenant, Josie est partie, je ne sais pas où. Je ne sais pas à quelle heure elle rentrera, ni si elle est en sécurité. Bon sang, je me suis attaché à elle. J'ai fait tout ce qui était en mon pouvoir pour la maintenir à distance, mais elle s'est faufilée jusqu'à moi. Je n'ai pas envie de me soucier de savoir si elle va bien. Je n'ai envie de me soucier d'aucune femme. Je veux juste garder la tête baissée, faire mon boulot, réussir dans la vie, et ensuite je pourrais songer à sortir. Tout sera tellement plus simple quand Josie sera partie vivre en sécurité avec Silvia et son garde du corps. Ça ne devrait durer que deux semaines de plus, de toute façon, jusqu'à ce que Josie s'envole vers son prochain boulot.

Je termine mon repas, qui n'était pas aussi bon qu'il aurait dû, parce que je ne peux m'empêcher de penser que j'ai fait fuir Josie. Maintenant, tout ce dont j'ai envie, c'est qu'elle revienne, pour que j'arrête de me demander si elle va bien. Je récupère mon ordinateur portable à l'étage et reviens sur le canapé, poussant un carton hors du passage avec mon pied. Il n'y a que quatre cartons provenant de la cuisine, étant donné qu'il n'y avait que mes affaires. Je cherche un film à regarder sur mon ordinateur, mais rien ne me fait envie. Nous sommes vendredi soir. Je devrais sortir. Je mérite une soirée de détente, après tout ce dur travail.

La porte s'ouvre et Josie entre dans la maison, un sac brun dans les mains.

— Je nous ai acheté de la bière, coloc'.

Je souris, soulagé. Elle va bien, et elle a apporté une offre de paix.

— Merci, et merci aussi d'avoir emballé le contenu de la cuisine et de m'avoir laissé à dîner. Ça m'a vraiment aidé.

— De rien. J'ai mangé les nouilles, mais je me suis dit que tu aurais besoin d'un bon apport en protéines pour conserver tous ces muscles.

Je bombe le torse à ce compliment. J'ai dû m'habituer à ses éloges.

Elle se dirige vers la cuisine et pose le sac sur l'îlot. Je la rejoins et la regarde sortir deux bières, avant de mettre le reste au frigo.

— Je crois que j'ai emballé le décapsuleur, dit-elle en se tournant vers moi.

— Je m'en occupe.

J'ouvre la première bouteille sur le bord du comptoir de l'îlot et la lui tends, avant de faire la même chose avec la mienne.

— Alors tout va bien entre nous ? demande-t-elle.

— Oui. J'ai été dur avec toi, tout à l'heure, j'étais plus en colère contre Winnie que contre toi.

Elle balaie cette remarque de la main.

— Non, ce n'est rien. J'aurais dû être franche et te dire que Winnie m'avait demandé de lui faire un rapport sur tes progrès.

— Elle t'a placée dans une position difficile. Mais ne recommence pas, d'accord ? Je lui donnerai des nouvelles de ma progression moi-même.

— Je ne comptais pas le refaire. Je m'en voulais, même si je ne disais que de bonnes choses.

— C'est oublié. Tu veux regarder un film ?

— Bien sûr !

Après de courtes délibérations sur les mérites des comédies romantiques en noir et blanc (ses préférés) et des films de superhéros (les miens), nous nous mettons d'accord sur un thriller.

— Ma cousine Silvia m'a invité à dîner dimanche soir, dis-je avant d'appuyer sur la touche « play. » Elle a dit que tu étais la bienvenue, si tu voulais te joindre à nous.

Elle écarquille les yeux.

— Tu parles de la princesse Silvia ?

Je me renfonce sur le canapé à côté d'elle.

— Oui. Tu vas l'apprécier. Elle est vraiment gentille.

— Waouh. Un dîner avec une princesse. J'adorerais. Tu lui as parlé de moi ?

— Oui, j'ai mentionné avoir une invitée.

— C'était sympa de sa part de m'inviter.

J'ignore la pointe de culpabilité que je ressens en pensant à la vraie raison de ce dîner : me débarrasser d'elle en la remettant entre les mains d'un autre garde du corps.

— Eh bien, c'est Silvia.

Je lance le film et pose l'ordinateur portable au sommet d'une pile de cartons pour qu'on puisse tous les deux le voir. Je ne devrais pas me sentir coupable. J'envoie Josie ailleurs pour son propre bien. Si elle n'est pas là, je ne pourrais pas lui hurler dessus, et je suis sûr qu'elle se sentira bien plus en sécurité avec un garde du corps armé et entraîné pour repousser les éventuels agresseurs, plutôt qu'avec moi. Je ne suis entraîné à rien d'autre à part à me défendre contre mes frères, et les quelques brutes de cour de récré. Josie a besoin de se sentir en sécurité, et c'est exactement ce dont elle bénéficiera en vivant avec Silvia.

Elle me sourit et ma poitrine se réchauffe.

— Je suis contente qu'on soit repartis du bon pied.

— Oui, c'est sûr, marmonné-je, avant de boire une longue gorgée de bière.

Puis je concentre mon attention sur le film. Pas sur son parfum sucré, fruité et floral, ni sur son soupir de contentement, et encore moins sur ses lèvres roses enroulées autour de cette bouteille. Je suis plus fort que ça.

6

———

Josie

J'AI ENCORE du mal à comprendre pourquoi la princesse Silvia m'a incluse dans un dîner de famille, mais j'ai fini par conclure que c'était une manière pour Sean de faire la paix. Il veut me présenter à quelqu'un d'intéressant, et passer du temps avec moi en dehors de notre maison / zone de construction. J'irais même jusqu'à dire que Sean et moi sommes amis, maintenant. Après le film de vendredi soir, nous avons parlé de toutes les incohérences qu'il y avait, et nous avons beaucoup ri. C'est quelqu'un de très drôle, avec un excellent sens de l'humour. Hier soir, il travaillait sur la cuisine, mais il m'a invitée à me joindre à lui pour un dîner rapide à une pizzeria, au bas de la rue. La version détendue de Sean est vraiment irrésistible.

Je peux l'admettre. J'ai envie de plus de ça, plus de lui. Nous avons échangé un baiser très agréable, et ce soir ressemble à un nouveau départ, alors que je m'apprête à dîner avec sa famille. Je ne peux m'empêcher de me dire que c'est un peu comme un rendez-vous, et qu'il pourrait peut-être se passer quelque chose entre nous. Je sais que c'est bizarre, comme c'est l'ex de Winnie, mais elle a perdu toute revendication sur lui quand elle l'a trompé. Une affaire de cœur, c'est aussi grave qu'une aventure. Elle s'est autorisée à avoir des sentiments pour Colin avant de rompre avec Sean. C'est mal.

Je sors un mouchoir de mon sac à main, éponge mon rouge à lèvres rouge et en ajoute une seconde couche. Je porte une jolie mini-robe noire à pois, avec de minuscules boutons de perle à l'avant. Et j'ai pris mon sac à main rouge, qui s'accorde parfaitement avec mes talons en daim rouge. J'aime porter des pointes de rouge pour aller avec mes cheveux teints en roux. Je jette mon rouge à lèvres dans mon sac à main. Bon, je suis prête pour sortir dîner avec mon coloc'. Et potentiellement plus.

Je ferme mon sac à main et reste immobile un instant, réalisant soudain que je serai bientôt partie. Je pourrais avoir des nouvelles du pilote dès ce vendredi. Ce n'est pas juste envers Sean, de démarrer une relation. Quelque chose me dit qu'il est à un moment de sa vie où il cherche une relation un peu plus sérieuse. C'est logique. Jusqu'à récemment, c'était ce qu'il avait avec Winnie, et c'est un type raisonnable, qui a les pieds sur terre et a la trentaine. Ça me plaît. La plupart des hommes que je rencontre sont immatures. Ce n'est pas comme si Sean avait la moindre chance d'emménager à LA pour être avec moi. Il a ses racines à Brooklyn, avec son entreprise familiale de construction et de développement immobilier. Ce n'est pas vraiment le genre de métier qui vous fait voyager. Et je sais d'expérience que les relations à longues distances sont difficiles. J'ai essayé avec mon petit-ami de la fac, et tout s'est effondré en deux semaines. Le fait qu'il ait couché avec l'une de ses partenaires dans une pièce de théâtre de Londres presque aussitôt n'a pas aidé non plus. Pour les hommes, c'est loin des yeux, loin du cœur.

OK, alors nous serons amis. Pas de problème.

Je descends et découvre Sean qui m'attend dans le salon, où il dort. Je remarque son regard admiratif, avant qu'il prenne une expression neutre plus prudente. Mon cœur se met à battre plus fort et mon pouls accélère. Il ne se rend pas compte que je suis une experte des émotions humaines – ça fait partie de ma boîte à outils d'actrice. Il est habillé avec élégance, d'une chemise bleu ciel, d'un pantalon beige et de chaussures en cuir brunes. Il est aussi rasé de près, pour la première fois. Il a des pommettes effilées et une mâchoire carrée. Un visage à la beauté traditionnelle. Ses épais cheveux brun foncé sont encore un peu humides après sa douche. Il a dû la prendre dehors, parce que j'ai monopolisé celle de l'étage.

Comme toujours, je suis comme aimantée vers lui, et m'avance jusqu'à empiéter sur son espace personnel. Je me sens assez à l'aise pour ça, quand il ne lance pas des regards renfrognés, et j'ai envie d'être plus proche de lui. Toutes mes raisons de garder mes distances s'évanouissent de mes pensées.

— Tu es très élégant, lui dis-je.

Il se racle la gorge et plonge les mains dans ses poches.

— Merci. Toi aussi.

— La voiture est arrivée ?

Sa cousine a demandé à son chauffeur de venir nous chercher. Ce doit être sympa, de faire partie de la royauté. Dommage que Sean n'ait accès à aucun de ces avantages, vu qu'il fait partie de la famille exilée.

— Oui, elle est devant. Tu es prête ?

— Bien sûr.

Il me fait signe de passer devant lui. Je descends les marches et traverse d'un pas prudent les bâches qu'il a étalées au sol à cet étage. Toute la cuisine à disparu, mis à part le frigo, qu'il a laissé branché contre le mur opposé en attendant l'arrivée du nouveau. Il me prend le coude, me prenant par surprise, et me guide jusqu'à la sortie. Jusqu'à maintenant, il ne m'a jamais touchée volontairement. Sauf lors de cet unique baiser que je l'ai un peu persuadé de m'offrir. Une chaleur remonte de mon coude et s'étend dans tout mon bras.

Une Mercedes noire aux vitres teintées nous attend dans la rue. Le chauffeur qui en sort porte une chemise blanche et un pantalon noir. Il nous salue aimablement et nous tient la portière ouverte.

Je me glisse à l'intérieur en premier, et Sean me rejoint. Quand la voiture s'est écartée du trottoir, je me penche vers lui et murmure :

— Tu te déplaces souvent comme ça ?

— Jamais, répond-il à voix basse. Ça m'a surpris, quand Silvia m'a proposé son chauffeur. C'est peut-être parce que j'amène une invitée.

— Une invitée féminine, précisé-je, avant de lui donner un coup de coude. Elle pense sûrement que je suis ta petite amie.

— Non. Je ne lui ai jamais dit ça.

— C'est ce qu'elle a supposé, comme je vis avec toi.

— Fais-moi confiance, ce n'est pas ce qu'elle croit. Je lui ai dit que tu étais la cousine et que tu squattais temporairement le canapé.

J'appuie ma tête contre le siège et m'efforce de dissimuler ma déception. Il n'est clairement pas aussi intéressé par moi que moi par lui.

— Eh bien, quelles qu'aient pu être ses raisons, c'est assurément mieux que le métro.

— Oui, marmonne-t-il en regardant par la fenêtre.

— Tout va bien ?

— Oui, répond-il d'un ton tendu.

Je réprime un soupir. J'ai passé beaucoup de temps avec Sean, cette dernière semaine, et je sens bien que quelque chose le tracasse. Il n'a que deux modes : le mode travail, intense et concentré, et le mode détendu, quand il ne bosse pas. Je n'ai eu qu'un aperçu de ce dernier. Ces délais de travail serrés doivent être très stressants pour lui.

— Tu fais de très bons progrès avec la rénovation, lui fais-je remarquer.

— Oui, mais je dois reprendre mon boulot de journée, alors ça va me ralentir.

— Je pourrais faire des choses pour toi pendant que tu es parti. Préparer des trucs, peut-être ?

— Non !

— Eh, tu n'es pas obligé de me hurler dessus. Je peux me montrer utile.

— Tu l'es pour certaines choses, admet-il en levant la main. Mais ne touche à rien quand je ne suis pas là, s'il te plaît.

— OK, OK.

— Des nouvelles de ton pilote ?

— Non, je n'en aurai pas avant la fin de cette semaine, au plus tôt. J'ai une audition pour une publicité d'assurance de voiture demain, par contre. Je croise les doigts.

— C'est déjà ça.

— Oui, ce n'est pas vraiment le job de mes rêves, bien sûr, mais ça peut très bien payer, pour une journée de travail. En plus, on me paie aussi une part chaque fois que la pub passe, ce qui permet de laisser de l'argent sur mon compte en banque pendant que je cherche de meilleurs boulots. Ça fait quatre mois que je vis de ma pub pour le parfum. C'était un truc national, qui a été beaucoup diffusé aux alentours de Noël dernier. Je pourrais sûrement faire durer cet argent pendant un an, si je vis de manière frugale.

— Je ne crois pas l'avoir vue.

— Tu n'as sûrement pas fait attention. Ce n'est pas comme si tu savais qui j'étais, à l'époque. Le tournage était marrant, ça s'est passé sur un terrain de mini-golf. Ils ont édité numériquement la bouteille de parfum pour la placer à la place de la balle. Je la rentre en une fois, bien sûr, avec la magie du montage. Je n'avais qu'une réplique : « Prêts à jouer ? ». Je devais la prononcer d'une voix sexy et taquine.

Je répète la phrase en prenant le bon ton :

— Prêt à jouer ?

Il me dévisage et se lèche les lèvres.

— Euh, je comprends pourquoi tu as été prise.

— Merci !

Je crois bien qu'il aime ma voix sexy.

— Ce doit être dur, de ne pas savoir quand ton prochain chèque de salaire va tomber.

— Oui, j'ai fait une croix sur la sécurité de l'emploi pour poursuivre mon rêve. Mais je vois le positif et reste persuadée que je suis à deux doigts de percer pour de bon.

Il prend un air songeur.

— Je suppose que c'est ce qu'il faut te dire. À quel moment est-ce que tu te diras, « ça suffit, je vais me trouver un emploi régulier » ?

— Jamais.

— Ça pourrait arriver. Si ton compte en banque commence à se vider. Si tu te fatigues de dormir sur le canapé des gens.

— Je suis jeune ! Je ne m'en fais pas pour ça. Je vais y arriver.

— D'accord, répond-il d'un ton peu convaincu.

— Il m'arrive d'obtenir des rôles, tu sais. Je suis diplômée en art dramatique, et j'ai participé à une tonne de pièces de théâtre.

— Des pièces payées ?

Je me hérisse.

— Regarde mes vidéos si tu veux me voir à l'action. Tu verras que je sais ce que je fais.

— Ce n'est pas que je doute de toi. Je crois juste que ce soit une manière très difficile de gagner sa vie.

— Eh bien, il faut bien que quelqu'un le fasse. L'industrie du divertissement existe pour une raison.

Je sors mon téléphone et lui envoie un lien vers mon site internet.

— Jettes-y un œil un peu plus tard.

Il s'y rend aussitôt, ce à quoi je ne m'attendais pas.

— J'ai dit plus tard, répété-je. Pas devant moi.

Il appuie sur la touche pause.

— Pourquoi ? Tu joues devant un public. Quelle est la différence ?

— La différence, c'est qu'en général, je ne peux pas me regarder en même temps que quelqu'un d'autre me regarde. Je n'ai pas envie de savoir si ça ne te plaît pas.

— Je garderai un visage impassible.

Il appuie à nouveau sur « play » et je vois tout de suite que quelque chose le perturbe. Il ne sait pas à quel point je peux déchiffrer les expressions de son visage.

— Quoi ?

Il remue et me tourne le dos.

J'entends la vidéo, et je regrette tellement de m'être mise sur la défensive au point de ressentir le besoin de montrer ce que je vaux. Pourquoi est-ce que je me soucie de ce qu'il pense ? C'est juste une vidéo de trois minutes, mais ce sont les trois minutes les plus longues de ma vie.

— Tu es douée, dit-il en se tournant à nouveau vers moi.

Je laisse échapper un soupir.

— Merci. Et tu es doué pour ton boulot, toi aussi.

— Je sais.

— Contente-toi de me dire, merci ! ris-je.

Il m'adresse son plus beau sourire, qui se reflète dans ses yeux bleus et illumine tout son beau visage.

— Merci, Josie.

Quand nous arrivons chez Silvia, je suis d'excellente humeur. Sean et moi avons consolidé notre amitié. Il m'a parlé de sa famille, de la rupture scandaleuse qui s'y est opérée et de sa famille soudée à Brooklyn. La façon dont il décrit les pitreries de ses frères quand ils étaient petits et leur camaraderie au travail, puisqu'ils travaillent tous dans l'entreprise familiale, me rend un peu jalouse. Je suis proche de mes parents, mais je n'ai jamais fait l'expérience d'une grande famille, ou d'une relation amusante entre frères et sœurs. Il est vraiment profondément enraciné ici par sa famille. Je ne sais pas si j'en aurais jamais, en ce qui me concerne. Je dois aller là où est le travail.

Quand Silvia ouvre la porte, un homme à l'air sévère se tient derrière elle, vêtu entièrement de noir.

— Bonjour ! Bienvenus !

Elle est jeune, elle doit avoir à peu près mon âge, et possède un côté très « fille d'à côté. » Ses cheveux brun foncé retombent en une légère vague un peu au-delà de ses épaules, elle a appliqué le strict minimum de maquillage et ses yeux noisette sont pleins de chaleur alors qu'elle nous observe tous les deux. Elle porte une jolie robe à rayures noires et blanches et des spartiates beiges. Je craignais qu'elle soit un peu distante, en tant que membre de la royauté, mais elle ressemble au genre de personne avec qui je pourrais traîner.

— Merci, dis-je. C'est un plaisir de vous rencontrer.

— Salut, Sil, dit Sean. Merci de nous avoir invités.

Elle recule pour nous laisser entrer et se met sur la pointe des pieds pour déposer un baiser sur la joue de Sean.

— Je suis ravie de vous recevoir tous les deux ! s'exclame-t-elle, avant de me tendre la main. Je suis Silvia.

— Josie, réponds-je en lui serrant la main.

Elle arbore une expression rayonnante.

— D'habitude, c'est moi qui vais à Brooklyn, mais Sean voulait me voir tout seul, sans tous ses frères bourrus et grognons.

Je souris.

— Tu veux dire qu'ils sont encore plus grincheux que lui ?

— Je ne dirais pas qu'ils sont grincheux. Plutôt qu'ils ont des voix graves et grondantes. Ils aboient beaucoup, mais ils ne mordent pas, ne t'inquiète pas.

Elle indique de la main l'homme qui se tient juste derrière son épaule, vêtu d'une veste noire, d'un tee-shirt noir et d'un pantalon noir.

— Voici mon garde du corps, Léon.

— Salut, ravie de vous rencontrer, dis-je.

Sean lui fait un salut de la tête.

Léon incline légèrement la tête. Il ne sourit pas. Brr... il ne fait pas un peu froid, ici ?

— Vous avez de la chance, dit Silvia. Mon mari, Cade, nous prépare ses célèbres lasagnes ultimes. Enfin, célèbres chez nous.

Elle nous fait signe de la suivre jusqu'à la cuisine où un homme aux cheveux blond sale plutôt longs, à la longue barbe et souriant est en train de couper des tomates pour une salade.

— Cade, voici Josie. Et tu connais mon cousin.

Cade s'essuie les mains sur son tablier et me serre la main, avant de se tourner vers Sean.

— Content de te revoir, Sean. Ça fait quoi, une semaine ?

— Oui, répond Sean, avant de se tourner vers moi. Il était au mariage de mon frère, à Villroy.

— Un gros rassemblement familial, ajoute Silvia, l'air ravie. Je peux vous servir du vin ? J'ai un très bon vin rouge italien.

— Bien sûr, réponds-je.

Du coin de l'œil, je remarque Léon le garde, qui rôde sur le seuil de la cuisine. Est-ce qu'il me voit comme une menace ? Couché ! Je viens en paix.

Cade pointe Sean du doigt et lance :

— J'ai ce qu'il faut pour toi, mec. La bière est dans le frigo.

— Merci, répond Sean en se servant une bière.

— Allons au salon, propose Silvia. Le dîner sera prêt bientôt.

Elle ouvre la marche et Léon lui emboîte le pas. Le reste d'entre nous la suit jusqu'à un salon avec un canapé en velours brun, deux fauteuils bleu turquoise et une table basse en verre. Une grande baie vitrée donne vue sur Central Park. Nous sommes au dernier étage, alors la vue est sublime. En face du grand salon, il y a une salle à manger avec une table en bois noire et six chaises assorties.

Elle s'assoit sur le canapé avec Cade et Léon se place un peu de côté derrière elle. Il est comme son ombre. Est-ce qu'il vit avec eux ? Ce doit être étrange, pour un couple marié. Comment peut-on faire l'amour de manière spontanée quand on a une ombre maussade derrière soi en permanence ?

Sean et moi nous asseyons sur une chaise face à eux.

— Alors, Josie, tu es nouvelle en ville, c'est ça ? demande Silvia.

— Plus ou moins. J'ai vécu ici quand j'étais à la fac. J'alterne entre New York et LA pour mes auditions.

— C'est une actrice, précise Sean. Très talentueuse.

Je me tourne vers lui et souris.

— Merci.

— Oh, c'est très excitant ! s'enthousiasme Silvia. Est-ce que j'ai pu te voir dans quelque chose ?

— J'étais dans la pub pour le parfum Blossom, pendant les dernières vacances d'hiver. Je jouais au mini-golf et le parfum remplaçait la balle.

— Je la connais ! Tu portais une robe jaune vif. Tellement mignonne !

Elle se tourne vers Cade et lui demande :

— Tu te souviens de cette pub ?

— Vaguement. J'étais sûrement sur mon téléphone quand elle est passée, si c'était pour du parfum. Sans vouloir t'offenser.

— Pas de problème, réponds-je.

— J'ai pu te voir dans autre chose ? demande Silvia avec un sourire.

— Pas à moins que tu sois une élève d'école primaire et que tu aies regardé une série éducative à propos des ressources de la bibliothèque, réponds-je en gardant mon sourire scotché à mon visage.

— Ah ! Non.

— Elle a tourné dans un pilote, intervient Sean.

Je lui souris.

— Oui. Je suis très enthousiaste à ce sujet. Si le pilote est accepté, je pourrais jouer dans une sitcom pendant au moins une saison.

— C'est tourné à LA, ajoute Sean. Elle va peut-être être partie dans une semaine ou deux. Elle aura des nouvelles à la fin de cette semaine, au plus tôt.

Je lui lance un regard en coin. C'est bizarre, qu'il parle à ma place alors que je suis assise juste à côté de lui.

— Regardez un peu l'extrait vidéo sur son site internet, dit-il en sortant son téléphone.

— Ce n'est vraiment pas la peine, réponds-je en rougissant.

— J'ai envie de voir, répond Silvia. Ne sois pas timide. Sean nous a déjà chanté tes louanges.

— Je n'ai pas chanté ses louanges, réplique Sean en grimaçant. D'un point de vue objectif, elle a du talent.

— Rien de personnel, hein ? dit Silvia en me faisant un clin d'œil. Laisse-moi voir ça.

Sean lui tend son téléphone et j'essaie de ne pas me tortiller sur place alors que Silvia et Cade regardent la vidéo. Léon reste stoïque derrière Silvia et regarde droit devant lui. C'est comme faire la fête avec une statue. C'est si bizarre. Si je deviens célèbre un jour, j'aurais sûrement besoin d'un garde du corps, moi aussi. Je demanderai au mien de garder ses distances. De vivre un étage au-dessus ou en dessous de moi. D'être facile à joindre si je hurle à l'aide, mais pas toujours en train de rôder autour de moi.

Une fois la vidéo terminée, Silvia rend son téléphone à Sean.

— Pas mal du tout, Josie. J'ai aussi aimé le contraste entre les scènes, entre le drame et la comédie. Qu'est-ce que tu préfères ?

— J'aime tout. Je veux devenir l'une de ces actrices qui ne

sont pas définies par un genre particulier, tu sais ? Je pourrais être dans un film d'action, une comédie romantique ou un thriller. Comme Claire Jordan.

Silvia incline la tête sur le côté.

— Je la connais. Enfin, pas personnellement, mais mon organisatrice de mariage américaine a aussi organisé le mariage de Claire Jordan. Je pourrais lui toucher un mot pour qu'elle vous mette en contact.

Je prends une brusque inspiration.

— Oh mon Dieu. Ce serait incroyable. Claire Jordan est mon idole ! Elle a joué dans tellement de genres différents, tant de rôles fantastiques, et elle possède sa propre compagnie de production. Rien que, la rencontrer pour l'écouter parler de son expérience serait un tel honneur.

— Merveilleux ! s'exclame Silvia. Donne-moi ton numéro et je te préviens si Claire est disponible.

Je lance à Sean un regard signifiant « tu t'en rends compte ! » puis reporte mon attention sur elle.

— Je suis sûre qu'elle est très occupée. Elle a un nouveau film à l'affiche en ce moment, et je sais qu'elle a deux enfants, maintenant, Owen et Harper. En plus, elle doit gérer sa compagnie de production, Red Jewel Films.

Ils me dévisagent tous.

— J'ai fait quelques recherches, dis-je en haussant une épaule. Chaque fois que je trouve une actrice dont j'admire la carrière, j'essaie de découvrir comment elle en est arrivée là. Vous savez, pour m'inspirer de sa carrière. J'apprends juste les trucs personnels au passage.

Je ris et ajoute :

— OK, je suis une vraie fangirl !

— Je vais t'envoyer le numéro de Josie, dit Sean à Silvia avant que j'aie pu m'en occuper moi-même.

Il pianote sur son téléphone et envoie le message. Il anticipe tous mes faits et gestes, ce soir. C'est agréable de savoir qu'il veut que je réussisse. Ça veut dire qu'il croit en moi.

Silvia lui lance un drôle de regard, avant de se tourner vers moi pour m'adresser un doux sourire.

— J'espère que cela s'avérera être un bon contact.

— Je te suis tellement reconnaissante, lâché-je.

Elle sourit et boit une gorgée de vin.

— Alors, Josie, comment se passe la colocation avec mon cousin ?

Je lance un regard rayonnant à Sean.

— C'est génial ! On sait comment s'accommoder l'un de l'autre, et je n'ai vraiment pas à me plaindre.

— Il a fallu du temps pour s'ajuster à la situation, dit Sean en tirant sur le col de sa chemise. Je suis habitué à travailler seul, mais Josie… elle est là aussi.

Je me raidis.

— Je suis là aussi ?

Il grimace et détourne les yeux.

Mon humeur s'assombrit et je déglutis.

— Je croyais que je t'avais aidé. Et je fais en sorte que tu aies à dîner tous les soirs.

— Je pense que je peux récupérer ma nourriture à emporter moi-même, répond-il en baissant la voix. Et puis, ce ne sont pas de bonnes conditions de vie, avec tous les débris des travaux.

Je plisse les yeux. Après tout ce que j'ai fait pour lui ?

— Alors je suis juste une gêne ?

Cade s'excuse et va jeter un œil au dîner. Silvia observe Sean avec attention. Moi aussi. Moi qui l'avais trouvé si gentil, alors qu'en réalité il m'en voulait rien que d'exister.

— Alors ? insisté-je. Vas-y, dis-moi ce que tu penses vraiment.

Il pousse un brusque soupir, lance un regard implorant à Silvia, qui lui fait signe de continuer, et se tourne vers moi.

— OK, très bien. Tu es une distraction. Je te l'ai dit dès le départ. J'ai besoin de me concentrer. Je n'étais pas censé avoir une colocataire. Je ne t'ai laissée rester que parce que Winnie m'a dit que tu avais besoin de te sentir en sécurité.

— Est-ce que tu considères Sean comme un garde du corps de fortune ? me demande Silvia. Il n'est pas armé, tu sais. Contrairement à Léon.

Je lève les yeux vers le menaçant Léon, qui écarte un pan de sa veste pour révéler un pistolet. Je ravale ma salive.

— Je n'ai pas à ce point besoin de protection.

Sean boit une longue gorgée de sa bière, les yeux fixés droit devant lui. Quelque chose cloche.

Silvia sourit.

— C'est peut-être vrai, mais si Sean te tape sur les nerfs, nous serions heureux de t'accueillir ici. Léon pourra veiller sur nous deux.

Ma mâchoire s'ouvre en grand et je me tourne vers Sean, qui a plaqué un faux sourire sur son visage.

— C'est une offre très gentille, dit-il.

La princesse Silvia vient-elle de m'inviter à m'installer chez elle cinq minutes après m'avoir rencontrée ? Et pourquoi Sean n'a-t-il pas du tout l'air surpris ? C'est alors que je comprends : il a tenté de se débarrasser de moi en me poussant avec elle ! Quel rat ! Voilà la véritable raison de ma présence ici. C'est comme ça qu'il me remercie, après tout ce que j'ai fait pour l'aider ! Je nourris ce gros crétin, je fais sa vaisselle et... j'ai même nettoyé toute une salle de bains ! C'était un travail difficile. Je lui ai tendu ses outils et je suis allée lui chercher un tas de carrelage, en allant et venant dans plusieurs volées de marches. Sans parler de la cuisine que j'ai vidée pour lui ! Si tout cela fait de moi une gêne, alors il ne me mérite pas.

— J'ai beaucoup fait pour toi, dis-je à Sean d'une voix étranglée.

Bon sang. Mes yeux sont brûlants. Je me tourne vers Silvia et demande :

— Excuse-moi, où est la salle de bains ?

Elle me lance un regard compatissant et m'indique la direction du doigt.

— Juste au bout du couloir.

Je bondis sur mes pieds et m'y précipite avant que Sean ait pu voir à quel point je suis bouleversée. Je n'ai pas envie de me mettre dans cet état pour lui. Je n'ai pas envie de me soucier de lui. J'aimerais que ce ne soit pas le cas. J'ai fini par l'apprécier, avec son attitude bourrue, mais compétente, et les brefs moments où il laisse apercevoir un homme à l'air profond. Ce baiser m'a fait imaginer des choses qui n'étaient pas vraiment là.

Je m'adresse un discours d'encouragement dans le miroir, puis pratique un exercice de respiration pour retrouver mon calme. J'ai beaucoup d'entraînement là-dedans, après toutes les fois où j'ai dû maîtriser mes émotions avant une audition. Bien sûr, c'est pire, cette fois, parce que c'est personnel, mais le même principe s'applique. Je. Vais. Bien. Je Vais. *Aller*. Bien.

— Je suis désolée, Josie, dit Silvia quand je reviens dans le salon. Léon ne se sent pas à l'aise à l'idée d'étendre ses services de sécurité à une deuxième personne. Il dit que nous devrions engager un autre garde du corps pour toi.

— Ce n'est rien. Je n'ai pas besoin d'un garde du corps.

— Mais tu dois encore te sentir en sécurité, dit Sean.

— Ne t'en fais pas pour moi, réponds-je entre mes dents.

— Et si tu t'installais chez mes parents ? propose-t-il. Mon père est un type costaud, et ils ont de la place.

— Pas la peine, réponds-je de ma voix la plus calme et composée. Je trouverai un autre endroit où dormir dès que possible.

— Avec qui ? demande Sean.

— Je ne sais pas, rétorqué-je. Peut-être l'un de mes camarades du cours d'impro.

— Un homme ?

Qu'est-ce que ça peut lui faire, tant que je ne suis plus dans ses pattes ?

— On en parlera plus tard, lui dis-je en lui lançant un regard dur.

Il grogne. Le ronchon est de retour. Quelle importance ? Je suis ronchon aussi, maintenant. Je ne me suis jamais sentie aussi mal considérée de toute ma vie. Ni aussi blessée.

Je prends mon verre de vin et le vide d'une traite.

— Un autre ? propose Silvia.

— Oui, merci.

Elle remplit mon verre et lance un regard entendu à Sean.

— Tu pourrais aller aider Cade à apporter le dîner sur la table, lui suggère-t-elle.

Sean rougit d'un air coupable et, comprenant le message, quitte la pièce.

Dès qu'il est parti, elle se penche en avant vers moi.

— D'habitude, il est très détendu et plein d'humour. Il est sous pression, en ce moment.

Je secoue la tête.

— Il est agacé par ma présence depuis le début. Il doit y avoir *une fois* où il ne s'est pas comporté comme un râleur avec moi. J'en ai assez. C'est terminé.

Elle boit une gorgée de vin et répond sereinement :

— D'accord.

— Vraiment. Je suis très sérieuse.

— Je n'en doute pas.

Je ravale une remarque acerbe. La dernière chose dont j'ai envie, c'est de me disputer avec la princesse Silvia, surtout alors qu'elle a accepté de me mettre en contact avec Claire Jordan.

— J'ai entendu dire que tu étais éditrice de livres pour enfants. C'est aussi drôle que ça en a l'air ?

Elle jette un œil vers la cuisine et répond :

— C'est un type bien, et il veut bien faire. Ne sois pas trop dure avec lui.

Je pince les lèvres. Clairement, sa cousine est de son côté.

7

____

Sean

Cette soirée était un désastre. Silvia a fait en sorte que le dîner se déroule de manière aussi agréable que possible, ce qui n'était pas facile alors que Josie n'arrêtait pas de me lancer des regards furieux. Cela me fait me sentir très mal, parce que Josie est aussi douce qu'un agneau. Elle est toujours si joyeuse et communicative. J'essayais juste de garder mes distances, pour notre bien à tous les deux.

Je ne peux pas continuer à vivre avec elle. Je ne sais pas à quoi elle s'attend. Il y a une alchimie. Et Bon, d'accord, je l'aime bien. Je ne voulais pas, mais c'est le cas, et elle va continuer à se frayer un chemin jusqu'à mon cœur, pour finir par partir. Alors que je n'irai nulle part. Je ne peux pas. Mes frères ont besoin de moi pour notre entreprise partagée.

Nous sommes dans la voiture, sur le chemin du retour, et Josie n'a pas prononcé un mot depuis que nous avons quitté l'appartement de Silvia.

Je ne supporte plus ce silence et finis par lâcher :

— C'était juste une invitation amicale à utiliser Léon comme garde du corps.

Elle me lance un regard renfrogné.

— Je n'apprécie pas la façon dont tu t'es servi de ta cousine pour te débarrasser de moi. Tu aurais pu me demander si je voulais vivre là-bas. Au lieu de ça, tu as conçu ce plan compliqué derrière mon dos.

— Silvia voulait d'abord te rencontrer, mais clairement, elle t'a suffisamment apprécié pour t'inviter à vivre chez elle.

— Elle a repris son invitation deux minutes plus tard.

— Parce que je le lui ai demandé, quand j'ai réalisé que ça te contrariait.

Elle tourne les yeux vers la fenêtre et redevient silencieuse.

— Eh, tu as fait des trucs derrière mon dos, toi aussi. Et je t'ai pardonnée.

Elle tourne la tête vers moi et plisse les yeux.

— Je reprends tous les compliments que j'ai pu prononcer à propos de ton cou.

— Très bien.

— Tes épaules et ton dos n'en restent pas moins de toute beauté, mais ce n'est pas le sujet. Tu es mon colocataire, et rien de plus.

Une partie de ma culpabilité s'apaise quand je l'entends me complimenter, parce que ça veut peut-être dire qu'elle se sent un peu mieux.

— C'est tout ce que j'ai toujours été.

— Non, tu m'as embrassé, une fois.

— Tu m'as *demandé* de le faire.

— Ce n'était pas moi, réplique-t-elle en haussant le menton. On faisait de l'impro.

Il est hors de question que je la laisse rejeter la faute de ce baiser sur moi.

— Appelle ça comme tu veux, mais il était clair que tu voulais que je t'embrasse. « Oui, et embrasse-moi. » Ce sont tes mots exacts.

Elle croise les bras sur sa poitrine et lâche :

— Oui, et plus jamais. Je vais concevoir une nouvelle pièce.

Je fronce les sourcils.

— Quoi ?

— C'est de l'impro, répond-elle en décroisant les bras. Oui, et… ensuite, l'autre personne ajoute un truc nouveau.

— Arrête avec l'impro. Je ne veux pas jouer à tes jeux. Je veux juste…

Je m'interromps, parce que je réalise que ce dont j'ai vraiment envie, c'est de quelque chose qui ne fonctionnera jamais : nous deux, ensemble.

— Écoute, je vais être franc avec toi, maintenant, et tu vas faire la même chose. On va redevenir, tu sais, des colocataires amicaux.

Elle me regarde un long moment, et je soutiens son regard. Je ne sais pas pourquoi, mais je sais que je ne peux pas perdre ce duel de regards.

— Silvia m'a dit que d'habitude, tu étais quelqu'un de détendu et plein d'humour, finit-elle par dire. Bon sang, comme elle se trompe.

— Plein d'humour ? Elle a dit que j'étais drôle ?

— Oui. Qu'est-ce qui a changé ?

— Oh, je ne sais pas, ça a peut-être quelque chose à voir avec le fait de travailler vingt-quatre heures sur vingt-quatre avec mon ex sur le dos, pendant que sa cousine-espionne me déconcentre et me ralentit dès qu'elle en a l'occasion.

— Tu n'as toujours pas pardonné à Winnie, dit-elle en pointant un doigt sur moi. Voilà le vrai problème.

Le vrai problème, c'est que *j'ai* pardonné à Winnie. J'ai tourné la page, mais elle m'a blessé, et je ne veux pas que ça recommence. Josie part bientôt à LA pour sa sitcom. Pour moi, il ne fait aucun doute qu'une personne aussi talentueuse qu'elle va réussir à être prise. Rien que sa personnalité suffirait à porter une série. Je peux éviter toute complication avec elle pendant une semaine ou deux, avant qu'elle parte à LA. Je ne peux pas lui dire ça, parce qu'elle comprendra que je tiens trop à elle. Cela rendra plus difficile de garder mes distances.

— Si je ne lui avais pas pardonné, réponds-je, sur la défensive, alors pourquoi ça ne me dérangerait pas de vivre chez elle pour rénover sa maison ?

— Je n'en ai aucune idée, réplique-t-elle en levant les mains au ciel.

— J'ai tourné la page.

— C'est faux.

— Ça n'a rien à voir avec Winnie. J'adore cette maison. J'adore le quartier. Je veux aller au bout.

Elle agite une main en l'air et réplique :

— Tout ça me paraît parfaitement raisonnable. Malheureusement, je ne crois pas un mot de ce que tu viens de dire.

Je sens mon sang se mettre à bouillir.

— Qu'est-ce que tu veux entendre ? Que je croyais que ce serait mon futur, que je vivrais une autre vie à Park Slope, et que je n'arrive pas à lâcher prise ?

— Au moins, c'est honnête.

— Ce projet signifie beaucoup pour moi, dis-je en me penchant vers elle. Je travaille dessus depuis plus d'un an.

Je m'écarte et continue :

— Eh oui, j'ai envie de cette vie, même sans elle. Je suis ambitieux. Je ne veux pas rester un simple ouvrier du bâtiment toute ma vie. Je t'ai dit que ma famille se lançait dans le développement immobilier. Rourke Management, c'est le nom de notre entreprise. La maison de Winnie rendrait très bien dans notre portfolio. Tu savais que ta grand-mère avait payé cet endroit cinq mille dollars, en 1953 ? Quand j'aurai terminé sa rénovation selon mes critères, il en vaudra au moins trois millions.

— Waouh, dit-elle en écarquillant les yeux. Je ne savais pas.

— Oui. Je veux être promoteur. Je m'intéresserai peut-être aussi au côté financier. Moins de sueur, plus de réflexion.

— Tu t'y connais en finance ? demande-t-elle en me regardant avec curiosité.

— Je peux apprendre.

— Je suis ambitieuse aussi. Je veux devenir comme Claire Jordan.

— Tu ne devrais pas essayer d'être comme quelqu'un d'autre. Sois juste toi-même.

— Tu dis ça comme si j'étais quelqu'un de convenable, ricane-t-elle, alors que je sais que tu ne me vois que comme un énorme désagrément.

— Tout ce que je dis, c'est ne sois pas une pseudo Claire Jordan.

Elle pousse un soupir.

— Écoute, je sais que Winnie t'a vraiment ébranlé, et je suis désolée pour ça, mais garde-moi en dehors de la zone d'explosion, s'il te plaît. Je n'ai fait que t'aider depuis qu'on s'est rencontrés.

— Tu as déclenché le détecteur de fumée, tu as tout cassé dans la cuisine, tu m'as causé du souci pour toi, et tu n'as pas arrêté de me gêner.

Elle prend une brusque inspiration et se met à cligner rapidement des yeux.

Je grimace, craignant qu'elle ne se remette à pleurer à cause de moi.

— Pas une gêne, me corrigé-je. Je retire ça.

Elle croise mon regard, les yeux brillants de larmes. Mon estomac se tord.

— Non, ne le retire pas. C'est clairement ce que tu penses de moi.

— Non, c'est faux. Je n'aurais pas dû dire ça.

Elle se détourne et je l'entends renifler.

— Je t'aime bien, admets-je. Même si je n'en ai pas envie.

Elle tourne la tête vers moi et cligne des yeux pour balayer ses larmes.

— Pourquoi n'as-tu pas envie de bien m'aimer ? À cause de Winnie ?

— Tu vas partir, de toute façon, alors quelle importance ?

— Alors si je ne partais pas, tu m'apprécierais plus ?

Je regarde devant moi et marmonne :

— Tu déformes mes mots.

Elle reste silencieuse un instant, puis reprend :

— J'avais raison à ton sujet.

— Sur quoi ? demandé-je en me tournant vers elle.

— Tu es du genre à t'engager, et pas à avoir des aventures d'un soir. Je trouve ça rafraîchissant.

— Je suis différent selon mes envies. Je n'ai pas le temps de me compliquer la vie avec une femme. C'est la vraie raison pour laquelle je veux vivre seul, mais tu es toujours là.

— Très bien, je comprends. Tu n'as pas besoin d'être aussi brusque. Tu ne me verras plus. Et tu peux faire une croix sur les dîners que je te servais tous les soirs.

Je secoue la tête. C'est si bizarre, qu'elle croie m'aider à ce point avec ça. Ce n'est pas non plus comme si elle faisait la cuisine.

— Je peux manger à emporter tout seul.

— Bien, parce qu'à partir de maintenant, tu es officiellement tout seul.

— Qu'est-ce que tu veux dire ?

— Je sortirai autant que possible, pour que tu ne te rendes même pas compte de ma présence.

— Super.

Sauf que ce n'est pas ce que je ressens. Je viens peut-être de la repousser si loin qu'elle ne reviendra jamais.

— Et puis, je vais sûrement avoir des nouvelles de mon pilote bientôt.

— J'espère que tu seras prise.

Elle hausse un sourcil.

— Parce que je partirai, comme ça, ou parce que tu me souhaites le meilleur ?

— Je ne sais pas quoi répondre à ça.

— Ça te tuerait d'être gentil avec moi ?

Je pousse un brusque soupir et réponds :

— Je ne sais pas ce qui te fait croire que je disais ça pour être gentil.

Elle regarde droit devant elle, les lèvres pincées.

Je songe soudain qu'elle va sortir tous les *soirs*, vu que c'est le seul moment où je serai à la maison, une fois que j'aurais repris mon boulot de journée. Mais pourrais-je vraiment me concentrer, si elle est en ville toute seule le soir ? Elle n'a pas l'attitude endurcie d'une New-Yorkaise. Elle est plus du genre à traîner avec n'importe qui.

Les mots s'échappent de ma bouche avant que j'aie pu m'en empêcher :

— Tiens-moi au courant de ton emploi du temps, et envoie-moi un message si tu vas être en retard. Je ne veux pas perdre mon temps à vérifier que tu es rentrée sans problème.

Elle étire un peu les lèvres, avant de les pincer. Mon attitude protectrice ne la dérange pas. Elle aime ça.

— C'est noté. Tu n'auras pas à perdre une seconde de ton temps pour moi.

— Bien.

— Ça te dérange si j'invite quelqu'un à l'étage ?

Je crispe la mâchoire. Elle parle d'un garçon ou d'une fille ? Je ne peux pas poser la question, ou elle pensera que je suis jaloux, ce qui est le cas, même si je n'ai aucun droit de l'être.

— Pas d'invités. C'est encore une zone de construction.

— Le quatrième étage est très bien. Il y a ce type, dans mon cours d'impro, qui voudrait s'entraîner avec moi.

Je l'observe. Est-ce qu'elle fait exprès de me narguer ? Difficile à dire. Son visage est la définition même de l'innocence.

— S'entraîner à quoi ? demandé-je.

— Improviser.

— Improviser des baisers ?

C'est ce qu'elle a fait avec moi.

Elle hausse les épaules.

— Je pense que c'est une très mauvaise idée, surtout sachant que tu vas partir bientôt.

— OK, répond-elle, l'air satisfaite.

— Comment ça, OK ?

— Juste OK, répond-elle avec un sourire mystérieux.

— Tu as l'air de sous-entendre autre chose.

— Tu espères que je sous-entends autre chose, n'est-ce pas ?

Je ferme ma bouche avant de laisser échapper la vérité : la seule raison pour laquelle je veux qu'elle parte, c'est pour éliminer la tentation qu'elle représente. J'ai la désagréable impression qu'elle soupçonne déjà la vérité.

Elle soupire et appuie sa tête contre mon épaule.

Je ne la repousse pas.

QUAND JE RENTRE lundi soir après le travail, j'entends un bruit à l'étage et me surprends à espérer que c'est elle, même si elle m'a dit qu'elle comptait sortir tous les soirs.

— Josie ? lancé-je.

Silence.

Je monte les marches, mais elle n'est pas là. C'étaient juste les craquements de la vieille maison. Je dois m'habituer à vivre sans Josie. C'est moi qui l'ai repoussée, et j'avais une bonne raison alors, je vais devoir accepter l'inconfort temporaire consistant à ne pas savoir où elle est, avec qui, ni quand elle reviendra. Ma vie est nulle.

Je descends à la cuisine, réchauffe l'un des repas congelés que j'ai apportés au micro-ondes (il ne ressemble pas du tout à la photo sur la boîte) et l'engloutis sur la terrasse de derrière. Puis je me mets au travail dans la cuisine. Je me sens contrarié et inhabituellement grognon.

Une heure plus tard, je ressers le besoin de savoir ce qu'elle fait. Je sors mon téléphone et lui envoie un message, bref et droit au but : *Temps d'arrivée estimé ?*

Pas de réponse. Qu'est-ce qu'elle fait ? Est-ce qu'elle est avec ce type du cours d'impro ?

Je range mon téléphone dans la poche arrière de mon jean et me remets au travail. Il vibre alors que je suis en train d'installer un placard supérieur neuf. Je le maintiens en place d'une main, pose ma perceuse et prends mon téléphone.

Josie : *Je rentre vers neuf heures. Je rends visite à une amie de la fac. Peut-être plus dix heures. Elle veut m'emmener voir des amis à Harlem. On va peut-être se faire une session improvisée.*

Je range mon téléphone dans ma poche et finis d'installer le placard. Puis je sors à nouveau mon téléphone et lui envoie un SMS rapide. *Tu joues d'un instrument ?*

Josie : *J'ai un niveau passable au piano.*

Moi : *Tu as des talents multiples. C'est cool.*

Elle m'envoie une émoticône de baiser. OK, ne t'excite pas. Les émoticônes sont des trucs qu'on envoie de manière désinvolte. Malgré tout, mon sang afflue dans mes veines et tout mon corps se met en alerte.

Josie : *Ma mère est chanteuse d'opéra. J'ai grandi avec la musique dans ma vie. Je te l'avais déjà dit ?*

Moi : *Oui. Je t'ai entendue chanter, une fois. Tu étais très douée.*

Josie : *Waouh. Tellement de compliments, ce soir. Je sais faire des claquettes, aussi.*

Je ne peux m'empêcher de sourire. C'est plus facile de parler par messages.

Moi : *J'aimerais voir ça.*

Josie : *Peut-être que si tu me demandes très gentiment, je te montrerai. Et toi, quels sont tes talents ? Mis à part tes compétences incroyables comme ouvrier du bâtiment.*

Je réponds sans réfléchir : *Je suis doué au lit.*

Je grimace. Qu'est-ce qui me prend ?

Merde. Elle a arrêté de répondre. J'aimerais pouvoir reprendre cette réponse. Je regarde l'espace à moitié terminé autour de moi, comme si quelqu'un pouvait m'aider. Comment arranger ça ? Je suis sur le point de lui envoyer : *désolé. J'ai envoyé ça à la mauvaise personne,* quand elle répond.

Josie : *Eh, je répondais à mon amie. Je suis de nouveau tout à toi. Ça compte vraiment comme un talent ? Et puis, c'est très inapproprié.*

Moi : *C'est plus un don qu'un talent. Et c'était effectivement inapproprié.*

Josie : *Est-ce qu'on est en train de s'envoyer des sextos ?*

J'éclate de rire et lui réponds : *Tu veux qu'on le fasse ?*

Josie : *Peut-être. Je m'ennuie à mourir dans le métro.*

Moi : *Tu n'es pas obligée de rester sortie tous les soirs. Je ne voulais pas te faire fuir.*

Josie : *Alors, pourquoi l'avoir fait ?*

Je ne peux pas lui dire la vérité tout en gardant mes distances.

Moi : *Je ne sais pas.*

Josie : *J'espère que tu auras fait de gros progrès dans la cuisine à mon retour. Terminons ce boulot pour que Winnie te lâche la grappe pour de bon.*

Moi : *Je ne peux qu'acquiescer. Bon, je dois retourner bosser.*

Josie : *Compris, mon poteau (humour du bâtiment) :p*

Je lui envoie un salut rapide, le sourire aux lèvres. Je dois vraiment arrêter de lui grogner dessus. Je peux me montrer poli, amical, même, sans pour autant trop me rapprocher d'elle.

Je me remets au travail, un nouvel afflux d'énergie dans les veines. Je suis impatient de lui montrer tout ce que j'ai accompli ce soir.

~

Josie

J'AI ÉTÉ sur les nerfs toute la semaine, angoissée à propos du pilote. Mon agent dit qu'elle est certaine d'avoir des nouvelles d'ici vendredi, autrement dit aujourd'hui. Je me répète que si ça ne fonctionne pas, c'est que ce n'était pas le bon projet. J'ai entendu des tas d'histoires à propos d'acteurs ayant raté l'occasion de jouer dans une série, uniquement pour se retrouver dans une autre encore meilleure, qui est devenue un gros succès. Ce qui doit arriver arrive toujours. Je me tiens occupée toute la semaine en passant des auditions (j'en avais plusieurs pour des pubs et une pour une nouvelle série qui doit passer sur un service de streaming récent), en allant à mes cours d'impro, à la salle de sport et en rendant visite à toutes les personnes qui me venaient à l'esprit, en ville. Je suis même passée à l'université de New York pour saluer mes professeurs préférés. Et je suis allée à une soirée des talents dans un club de comédie alternative. J'ai joué le rôle d'une joueuse de triangle trop enthousiaste qui rêve de rejoindre un groupe de rock, parce que, pourquoi pas ? Dans ce genre d'événements, le public cherche quelque chose de différent. J'ai aussi rendu visite à Winnie, un soir. Elle avait l'air inhabituellement tendue, même si elle m'a dit qu'elle était juste stressée par les préparations de mariage.

Nous sommes désormais vendredi soir, et il est encore assez tôt pour que j'aie des nouvelles de LA. Je suis cloîtrée dans ma chambre du quatrième étage et j'essaie d'ignorer le bruit des outils électriques de Sean, dans la cuisine. Il est en train d'installer le nouvel îlot. Il m'a envoyé des messages tous les soirs, cette semaine, pour savoir à quelle heure j'allais rentrer. Il est clair qu'il se soucie de moi, mais quelle importance, vu sa détermination à garder ses distances ? Je pousse un soupir. Je déteste devoir l'admettre, mais il a sûrement raison de faire ça, sachant qu'il a de profondes racines ici et

que je pourrais partir à n'importe quel moment. Quand je
rentre le soir, nous ne nous croisons que le temps de nous
saluer brièvement. Il ne m'attend pas, il travaille dans la
cuisine. C'est peut-être sa manière d'essayer d'être amical,
parce qu'il s'en veut de s'être comporté comme si j'étais une
épine dans son pied.

Il est arrivé une bonne chose, cette semaine. J'ai eu des
nouvelles de Claire Jordan, et elle m'a invitée à la rencontrer
dans un restaurant du centre-ville pour discuter, ce week-end.
Ça me donne de l'espoir. On dit toujours que les bonnes
nouvelles arrivent par trois, n'est-ce pas ? Il m'en reste deux
de plus à recevoir. Je compte bien projeter toute mon énergie
vers le monde qui m'entoure.

Mon téléphone sonne et je regarde l'écran. Mon cœur se
met à battre plus fort. C'est mon agent. Ça y est. Le grand
moment. Durant les interviews, je parlerai de cet instant où
j'ai obtenu le rôle, et expliquerai à quel point c'était excitant.
Je sautille plusieurs fois sur place pour me débarrasser de ma
nervosité.

— Salut, Jade ! lancé-je d'une voix enjouée en décrochant.
Tu as des nouvelles ?

— Le pilote n'a pas été accepté, répond-elle d'un ton plat.
Je suis désolée, Josie. Je croyais vraiment que cette fois serait
la bonne.

Mon estomac se serre et je crispe les doigts autour du
téléphone.

— Ils ont dit pourquoi ?

— Ce n'était pas à cause de toi. Tu étais géniale. C'est juste
que beaucoup de séries sont en compétition pour trouver un
public, et la chaîne a eu le sentiment qu'il y avait d'autres
options plus sûres à ajouter au programme. Mais on va continuer. Je t'ai inscrite à une audition la semaine prochaine, pour
une nouvelle chaîne de comédie. Tu n'as rien contre le fait de
jouer du Off-Brodway ? Parce qu'une nouvelle série cherche
des acteurs inconnus qui savent chanter.

Ma gorge se serre et des larmes me piquent les yeux. *Inconnus.* C'est moi. Personne ne sait qui je suis. Ils ne le sauront peut-être jamais.

— Bien sûr, parvins-je à articuler. Merci de m'avoir tenue au courant.

— Garde la tête haute. La prochaine fois sera la bonne. Ça n'a rien de personnel. Tous les non te rapprochent un peu plus d'un oui.

Je hoche la tête, momentanément incapable de parler.

— Au revoir.

J'appuie sur la touche pour raccrocher et m'affaisse lentement au sol. L'espace d'un instant, je me contente de regarder un point devant moi sans le voir, puis je fonds en larmes. J'avais vraiment, vraiment envie que ça marche, cette fois. J'étais certaine que ça allait fonctionner. Le script était génial, le concept aussi. Je tenais vraiment bien le personnage. Tellement de choses échappent à mon contrôle, dans ce métier, mais j'avais l'impression que tout ce qui pouvait bien tourner avait bien tourné. Et pourtant, ce n'était pas passé.

Après avoir pleuré un bon moment, je descends au rez-de-chaussée. J'ai besoin de m'apitoyer un peu sur mon sort, et pour ça, il me faut de la glace. J'ignore Sean, qui travaille dans la cuisine. Je n'ai envie de parler à personne. Au lieu de ça, je me dirige droit vers la porte.

— Eh, lance-t-il. Tu sors ?

Je ne lui en ai pas parlé à l'avance, comme il me l'a demandé, pour éviter de s'inquiéter pour moi. C'est si stupide. Il est le garde du corps le plus agaçant que j'aie jamais eu l'infortune de ne pas embaucher. Il faut toujours qu'il me surveille, sans jamais être avec moi.

Je m'arrête, gardant les yeux fixés sur la porte plutôt que de lui faire face. Je ne veux pas qu'il voie mon visage strié de larmes.

— Oui, salut, dis-je dans un croassement.

— Attends.

Je secoue la tête et sors. Je me dirige droit vers le super-marché pour acheter un pot de glace au chocolat et à la guimauve. Non, plutôt du chocolat tout simple. Je pourrais l'engloutir plus vite si je n'ai pas besoin de mâche des morceaux de chocolat et de guimauve. C'est une urgence, après tout.

— Josie.

Je me mets à marcher un peu plus vite quand j'entends Sean si près de moi.

— Laisse-moi tranquille, s'il te plaît.

Il me rattrape et vient se placer devant moi sur le trottoir, me bloquant le passage.

— Attends. Je ne t'ai pas vue de toute la semaine.

Il adoucit sa voix et demande :

— Qu'est-ce qui ne va pas ?

De nouvelles larmes me piquent les yeux au ton inquiet de sa voix.

— Je n'ai pas eu le pilote.

Il fronce les sourcils, le regard plein de compassion.

— Tu vas bien ?

Je ne supporte pas de lire la pitié dans ses yeux et détourne la tête.

— Ça ira. J'ai juste besoin d'être un peu seule. Tu sais ce que c'est.

Je ris, mais c'est un rire douloureux.

— Où vas-tu ?

— Tu n'as pas une cuisine à construire ?

— Ça peut attendre.

— Non, ça ne peut pas. Tu as des délais serrés.

Je reprends mon chemin dans la rue, courant presque, et m'empresse de l'abandonner derrière moi. Je fonce dans le premier magasin qui semble vendre de la glace. C'est l'un de ces endroits chics proposant de la nourriture saine, et où tout est à un prix ridiculement élevé. Je ne peux pas me permettre cette crème glacée chic, mais j'ai peur de me retrouver à chialer en pleine rue, si Sean m'offre encore sa compassion. J'ai juste besoin de temps pour me ressaisir. J'attrape le plus petit pot de ce qui doit être une glace cent pour cent au chocolat de qualité, et me dirige vers la caisse.

Sean apparaît à côté de moi et je sursaute. Il ferait un excellent ninja.

— Il ne doit y avoir que deux cuillerées, là-dedans.

— Oui, eh bien, je dois faire des économies. Je suis une actrice sans emploi.

Une inconnue. La villageoise numéro quatre. Non, l'arbre numéro quatre.

Il me tire par le bras.

— Viens avec moi. Quelle est ta glace préférée ? C'est moi qui te l'offre. C'est le moins que je puisse faire, après toutes les fois où tu m'as nourri et aidé.

Ma lèvre inférieure se met à trembler et mes yeux s'emplissent de larmes.

— Tu as juste pitié de moi.

— Je suis désolé pour toi, c'est vrai, mais j'ai surtout pitié de moi.

— Pourquoi ? m'étonné-je.

— Parce que j'ai gâché l'occasion de te voir pendant toute la semaine, et c'était entièrement de ma faute. Tu m'as manqué.

Mon souffle se coince dans ma gorge et mon cœur se met à battre un peu plus fort. Il semble si chaleureux et sincère.

— Je me suis faite discrète pour que tu puisses travailler.

— Je sais. Tu n'es plus obligée de faire ça. Je peux très bien travailler même si tu es là. Tu es d'une bonne compagnie.

Ce compliment me réchauffe le cœur, mais je me sens soudain suspicieuse. Ça n'est pas comme ça qu'il fonctionne. Il est irrité, et je me tiens à distance de la zone de grognements.

— Tu es juste gentil avec moi parce que j'ai perdu le pilote et que ma carrière vient de tomber aux oubliettes.

— Je croyais qu'on avait déjà établi que je ne suis pas quelqu'un de gentil.

— Tu ne l'es pas. Tu es un crétin grincheux et complètement fermé sur toi-même. Tout ça mis ensemble crée une énorme forme…

J'agite les mains dans sa direction et termine :

— … d'irritation.

Il étire un coin des lèvres.

— Dis-moi ce que tu veux vraiment.

Je secoue la tête. C'est vraiment dur de rester en colère contre lui.

Je me dirige vers le congélateur à glace et y replace mon petit pot pour une personne.

— Je veux le truc le plus chocolaté possible.

— C'est comment, la mort par chocolat ?

— Super.

Il récupère deux pots et annonce :

— Un pour moi, un pour toi.

— Je pourrais manger les deux sans mal.

— OK, alors on va en prendre six. Ce sera suffisant ?

Je ris malgré mon malheur.

— Peut-être.

Il sourit.

— Six morts par chocolat. On va mourir noyés dans une flaque de chocolat fondu.

Il prend six pots et les apporte à la caisse.

— Ça s'appelle s'apitoyer sur son sort. Soit on fait ça bien, soit on ne s'embête pas à essayer.

— Je suis content que tu sois là pour m'expliquer la meilleure manière de m'apitoyer sur mon sort, répond-il avec un clin d'œil.

— Merci pour la glace, dis-je reprenant mon sérieux.

— Quand tu veux.

Quelques minutes plus tard, nous sommes sur le chemin du retour. C'est bizarre, mais je me suis mise à voir cet endroit comme chez moi. Je n'ai qu'une valise, une couverture et un oreiller à même le sol. Ce n'est pas comme si Sean et moi habitions vraiment les lieux. Il aura bientôt fini la rénovation. Je devrais me trouver un appartement avec quelques colocataires et reprendre mon job de serveuse, même si je suis nulle là-dedans. C'est l'un des rares emplois assez flexibles pour me permettre d'aller à mes auditions, qui sont souvent trouvées à la dernière minute. Seigneur, j'en ai tellement marre d'être refusée.

— Et si on regardait un film, ce soir ? propose-t-il. Ce que tu veux.

— Et la cuisine ?

— De mon point de vue, je suis obligé de prendre ma soirée pour te sauver de toi-même. Tu regretterais ces six pots de glace demain matin.

— Je ne regrette jamais d'avoir mangé de la glace, rétorqué-je en levant le menton.

— Quel est ton film préféré ?

— J'ai du mal à m'habituer à ce Sean gentil.

— À situation désespérée… alors, c'est quoi ?

— Tu n'aimeras pas.

— Si tu aimes, je ferais semblant d'aimer aussi. Je regarderai surtout pour pouvoir me moquer de toi plus tard parce que tu aimes ce film.

— Ça ressemble plus au Sean que je connais.

— Tu vois, je suis encore là, sous la couche de gentillesse.

— C'est une vieille comédie romantique en noir et blanc. La première, je crois. New York-Miami, avec Clark Gable et Claudette Colbert. C'est une histoire d'opposés qui s'attirent, et c'est très drôle.

— Il y a une version en couleur ?

Je grimace.

— S'il y en a une, je n'ai pas envie de la voir. Écoute, si tu ne supportes pas de regarder une comédie romantique, alors laisse-moi m'apitoyer sur mon sort toute seule.

— D'accord, dit-il en se penchant vers moi. Entre toi et moi, et je nierai jusqu'à mon dernier souffle, je dois avouer que j'aime les comédies romantiques.

— Vraiment ?

— Non, rit-il.

J'essaie de le regarder en plissant les yeux, mais ils sont si enflés par mes larmes que ça n'a pas beaucoup d'effet.

— C'est un film sublime, et si tu gâches tout, je te poignarde avec ma cuillère.

— Ça ne marcherait pas mieux avec un couteau ?

— Avec de la glace ?

Il sourit.

— Tu es vraiment drôle. Je regrette de ne pas t'avoir vue au club de comédie alternative.

— Si seulement ça avait été un spectacle payant.

Nous arrivons à la maison et je déverrouille la porte avant de la lui tenir ouverte alors qu'il porte mon sachet de glace.

— Mais tu as raison de te faire connaître comme ça, dit-il. Montrer aux gens ce que tu sais faire. On ne sait jamais qui est dans le public.

— Oui, je suppose. Je fais juste ça pour garder la main.

— Je vais chercher les cuillères. Tu peux retirer la bâche du canapé ? Essaie de ne pas laisser tomber de la poussière dessus.

Quelques minutes plus tard, nous sommes installés côte à côte, l'ordinateur portable posé sur des cartons. Sean a trouvé le film sur un service de streaming et l'a acheté plutôt que de le louer.

— Au cas où tu voudrais le regarder à nouveau plus tard, a-t-il dit.

C'est si gentil que ça me fait fondre de l'intérieur. C'est son ordinateur portable, alors il est plus ou moins en train de dire qu'il veut que je reste dans le coin pour le regarder à nouveau avec lui. Mes émotions sont à vif, en ce moment, c'est tout. Au moins, ça rend mon auto-apitoiement plus facile.

J'attaque ma glace de la manière que je préfère : j'en retire une fine couche à la fois et continue jusqu'au fond du pot. Sean enfonce sa cuillère au milieu, ce qui est la pire manière de faire, parce que la glace est plus dure au centre. Il mange de grosses cuillerées.

— Tu vas te geler le cerveau, l'avertis-je.

— Chut, je regarde ce film sublime.

Je renifle doucement et regarde aussi. Je lui jette un coup d'œil quand il presse les doigts sur son front.

— Je te l'avais dit.

— Chut !

Sean termine son pot avant moi et semble vraiment regarder le film. Je l'ai vu tellement de fois. C'est la seule raison pour laquelle je le regarde lui au lieu de l'écran. Il sourit aux bons moments. Je crois qu'il aime vraiment les comédies romantiques, même s'il a essayé de le nier. Ce film est un classique, qui en a inspiré beaucoup d'autres.

Je finis ma glace, détendue et assoupie. J'appuie ma tête contre son épaule et il passe un bras autour de moi, me blottissant contre son flanc. Je pourrais m'habituer à ça.

— J'aime quand tu es gentil, lui dis-je.

Il met le film sur pause et baisse les yeux sur moi.

— Tu veux encore de la glace ?

— Non, ça ira.

— De l'eau ? Du vin ?

— Tu as du vin ?

— Je pourrais aller t'en chercher. Je veux m'assurer que tu réussisses à t'apitoyer sur ton sort correctement.

Je souris.

— C'est très bien comme ça.

Il me rend mon sourire et relance le film. Je pousse un soupir de contentement. Mon film préféré, un ventre bien rempli et le corps chaud d'un homme qui me serre contre lui. On ne peut rêver mieux.

Mais c'est alors que le film se termine. Sean retire son bras de mes épaules et met un peu de distance entre nous. Je suis vraiment énervée, parce que ce moment prend fin et que j'en voulais plus.

— Sean, dis-je d'un ton sec. Qu'est-il arrivé à mon câlin d'apitoiement ?

Il écarquille les yeux.

— Euh, le film est fini. Tu fais une overdose de sucre ?

— Non. C'est juste que je me sentais bien, et que ce n'est plus le cas, maintenant.

— Un autre film ?

— Oui, s'il te plaît.

Il me tend l'ordinateur et je choisis un autre classique en noir et blanc : *Indiscrétions*, avec Katharine Hepburn, Jimmy Stewart et Cary Grant. Oh, comme j'aurais aimé vivre durant l'âge d'or d'Hollywood. Je sais que le système des studios n'était pas parfait, mais ces films sont si fabuleux. Des blagues rythmées et pleines d'esprit, de la tension sexuelle, des femmes à forte tête, des hommes sophistiqués.

Je me renfonce dans le canapé et place son bras autour de mes épaules. Il m'attire contre lui et embrasse le haut de ma tête. Ça me plaît encore plus. J'incline mon visage vers lui en une invitation silencieuse.

— Josie, dit-il avec une pointe de regret.

— Quoi ?

— Tu es vulnérable, en ce moment.

— Je vais t'arracher la tête si tu ne m'embrasses pas.

Il étire les lèvres.

— On dirait moi.

— Bien. Je t'ai observé de près pour apprendre à imiter un accent de Brooklyn authentique.

— J'ai déjà entendu tout ce que tu avais à dire sur mon

cou épais et musclé, dit-il en prenant ma mâchoire entre ses doigts.

— Il est de toute beauté.

Il réduit la distance et presse ses lèvres contre les miennes pendant un instant sublime, avant de reculer, ses yeux tendres rivés aux miens. À cet instant, quelque chose passe entre nous. Il me laisse l'approcher, me montre qu'il tient à moi, et je ressens la même chose. C'est le moment. Il était temps. Nous dansons autour de cette attirance depuis le jour où nous nous sommes rencontrés.

Puis il me replace sur le canapé et marmonne :

— Regarde le film.

J'obéis, et mon auto-apitoiement pitoyable laisse place à une petite étincelle de bonheur. Son corps est si chaud que je m'endors avant la fin du film.

J'ai soudain froid, et je réalise qu'il m'a couchée sur le canapé, seule. Il se tient debout à côté de lui.

Je tends la main et la referme sur son jean, au niveau de sa cuisse.

— Reste avec moi. Je ne veux pas être seule ce soir.

8

Josie

Sean pousse un soupir, et je sens bien qu'il est sur le point de me dire non.

— S'il te plaît, dis-je. Je me sens tellement mieux quand tu me tiens dans tes bras.

Il m'étudie un long moment. Je dois avoir l'air suffisamment fatiguée et pathétique, parce qu'il cède :

— Très bien, viens avec moi.

Il me fait lever du canapé et me hisse sur mes pieds.

Je le suis. Il éteint la lumière à cet étage, allume la lampe de poche de son téléphone et monte à l'étage pour rejoindre son matelas gonflable. La zone interdite. En temps normal, je suis enfermée dans ma tour, au quatrième étage, et dors sur mon humble lit à même le sol. Il m'a proposé de m'acheter un matelas gonflable, mais j'ai décliné. Je sais que ça paraît étrange, mais vivre à la dure maintient ma motivation, et me pousse à continuer à tendre vers mon rêve. J'en ai envie à ce point-là. Je suis prête à dormir sur un sol dur pour garder en tête que je dois persister malgré les rejets. Mais pas ce soir.

Il pose son téléphone sur le plancher, le branche sur le chargeur et se tourne vers moi.

— Retourne-toi.

J'obéis. Je l'entends fouiller dans son sac de voyage, sûrement pour enfiler un pyjama. Je porte un tee-shirt et un pantalon de yoga, ce qui conviendra très bien pour dormir. D'habitude, je ne porte qu'un tee-shirt, ou mon pyjama préféré Smokey l'Ours, mais quelque chose me dit que si je vais le chercher, il changera d'avis et ne voudra plus me câliner. Combien de types seraient prêts à se morfondre avec moi de manière aussi merveilleuse, pour ensuite accepter de me serrer contre eux jusqu'à ce que je m'endorme ?

— J'y vais, annoncé-je, avant de plonger sous la couette de son lit.

Le matelas ne rebondit pas autant que je m'y attendais.

— On dirait un vrai matelas. Je m'attendais à ce qu'il soit spongieux, comme un lit à eau.

Je lui jette un coup d'œil. Malheureusement, il a déjà enfilé un tee-shirt et un pantalon de jogging gris. Pas d'exhibition de perfection musculeuse pour moi.

— J'ai acheté le matelas gonflable de qualité renforcée, répond-il, l'expression lugubre.

— Viens par ici. Ta présence est requise pour les câlins.

— Je ne suis pas vraiment doué pour les câlins, avoue-t-il en se frottant la nuque.

— OK, dans ce cas c'est moi qui vais te câliner. Allez, j'ai besoin de ta chaleur corporelle. Tu es comme un énorme ours en peluche bien chaud.

Il marmonne quelque chose entre ses dents.

— N'as pas peur, le taquiné-je.

Il ramasse son téléphone, piancte sur quelques touches, et l'éteint. La pièce se retrouve plongée dans le noir.

— Tu es fatiguée à quel point ? demande-t-il d'une voix grave et rocailleuse.

— Beaucoup, réponds-je, rien que pour le persuader d'approcher.

J'étais très fatiguée avant d'envisager la possibilité de faire des câlins avec l'homme sur qui je bave en secret.

Il finit par venir sous la couverture, se rapprochant la délicieuse chaleur de son corps à courte portée. Il roule sur le flanc à l'opposé de moi, et je me plaque contre son dos, avant de passer un bras autour de sa taille.

— C'est très agréable, chuchoté-je. Merci.

— C'est nul.

— Pourquoi ?

— Je ne peux pas dormir quand tu te presses contre moi comme ça.

— Tu ne peux pas m'accorder quelques minutes de câlins ? Tu pourras me mettre par terre quand je dormirai.

— Je ne vais pas te jeter par terre, grommelle-t-il, avec la voix du Sean que je connais si bien.

Je ne sais pourquoi, je trouve ça attachant, maintenant. Peut-être parce que je sais qu'il fait un effort pour moi, même s'il n'est pas un grand amateur de câlins. Je ferai un truc gentil pour lui demain.

— Merci, murmuré-je.

Je ferme les yeux et pousse un soupir de contentement. Je lui caresse le torse, parce que je me sens d'humeur affectueuse et, oui, un peu excitée, mais il me prend la main et la tient dans la sienne. C'est sympa aussi.

Quand je me réveille, j'entends un grand fracas dans la cuisine. C'est samedi matin, et il a repris le travail.

J'ai très bien dormi. Il a dû rester contre moi toute la nuit, c'est si gentil. Je monte à l'étage du dessus, récupère une tenue propre et prends une douche rapide. Aujourd'hui, je vais l'aider de toutes les manières possibles. Il va passer le week-end à travailler, et moi aussi. Nous serons des partenaires, côte à côte.

Quand j'arrive au rez-de-chaussée, il me tourne le dos. Il porte sa tenue habituelle : tee-shirt, jean et bottes de travail.

De la sueur fait briller ses biceps arrondis alors qu'il fixe à coups de marteau les moulures en bois là où le mur rejoint le sol. Un accès de désir brut me saisit, me donnant presque le tournis. J'ai toujours su qu'il était sublime et musclé, mais après la tendresse dont il a fait preuve envers moi hier soir, je n'ai plus envie qu'il soit uniquement l'homme de mes fantasmes. Je le veux vraiment. Désespérément.

J'attends qu'il marque une pause dans ses coups de marteau pour lancer :

— Sean.

Il me lance un rapide coup d'œil par-dessus son épaule, pose son marteau et se dresse de toute sa hauteur parfaite et magnifique.

— Eh, comment te sens-tu, aujourd'hui ?

Je réduis la distance et passe un bras autour de son cou.

— Beaucoup mieux. Merci pour hier soir.

Ses yeux brûlants rivés aux miens, il porte les mains à ma taille pour me maintenir avec légèreté.

— De rien. Ça a été une torture.

— Laisse-moi t'aider à arranger ça.

Je presse mes lèvres contre les siennes en un baiser délicat, dont l'intensité monte très vite. Il m'attire tout contre lui et ses mains se mettent à errer partout sur moi alors que sa bouche dévore la mienne. Mon corps bourdonne de plaisir. Je gémis du fond de ma gorge et il rompt le baiser.

— À l'étage, grogne-t-il.

— Oui.

Il me prend la main, m'entraîne à l'étage et s'arrête, debout au milieu de l'espace en grande partie vide et l'air soudain incertain.

— Je suis couvert de sueur.

— Je sais. Ça me plaît.

Il grogne et m'attrape pour m'embrasser tout en m'ôtant

mes vêtements. Je porte les mains au bord de son tee-shirt et tire. Il rompt le baiser et l'arrache en un geste rapide à deux mains. Je passe les mains partout sur son torse, comme je voulais le faire hier soir. Il me déshabille rapidement, puis fait la même chose avec ses propres vêtements, et nous nous heurtons l'un à l'autre, faisant courir nos mains, nos lèvres, notre langue et nos dents partout l'un sur l'autre. C'est un moment déchaîné et hors de contrôle.

Sa main plonge entre mes jambes. Il la frotte contre moi tandis que ses doigts plongent en moi. Mes genoux vacillent et je me rattrape à son bras pour garder l'équilibre.

— Si mouillée, si prête, grogne-t-il. J'ai envie de toi depuis si longtemps.

— Tu étais l'homme de mes fantasmes, hoqueté-je.

— Tu étais la star de mes meilleurs rêves érotiques.

Sa bouche s'empare de la mienne alors que je monte ses doigts sans aucune honte, arquant les hanches pour approfondir son contact. Je suis subjuguée par lui, son contact, son parfum viril et l'intensité de ce qu'il me fait ressentir. Il prend l'arrière de ma tête en coupe et sa bouche se déplace vers moi oreille.

— Dès que tu auras joui, je vais te baiser si fort.

Je hoquette, et l'intensité grimpe encore d'un cran.

— Tu aimes les paroles cochonnes, murmure-t-il d'un ton sombre dans mon oreille.

Puis il continue jusqu'à me rapprocher du précipice. Sa grande main me tient par la nuque pendant que l'autre s'enfonce et se frotte en moi en augmentant la cadence jusqu'à me faire haleter. Oh, Seigneur. Je suis si près. J'ouvre la bouche pour le supplier de ne pas s'arrêter, mais rien n'en sort mis à part un son bas et avide, puis j'explose, le plaisir me faisant me balancer éperdument contre lui.

— Magnifique, roucoule-t-il dans mon oreille.

Sa main ralentit peu à peu, me guidant à travers les

vagues successives de plaisir. Finalement, il s'immobilise, et je me raccroche faiblement à lui.

Il me dirige à nouveau vers le matelas et me couche dessus, avant de m'écarter les jambes et de m'admirer, les yeux brillants.

Je me sens trop bien pour être gênée.

— Préservatif ?

— Oui, croasse-t-il en arrachant son regard de moi.

Il se dirige vers son sac de voyage et en sort un. Je le regarde l'enfiler. Il est épais et dur comme la pierre. Je tends la main vers lui, impatiente de me lier enfin à l'homme que j'en suis venue à admirer de bien des manières.

Il revient vers moi et se positionne entre mes jambes. Je m'attends à ce qu'il s'enfonce d'un coup brutal, mais au lieu de ça, il repousse mes cheveux de devant mon visage et m'embrasse tendrement. Mon cœur cogne dans ma poitrine, et une vague d'émotion me prend par surprise. Je n'ai jamais connu aucun homme qui me traitait avec tendresse durant le sexe.

Il se guide lentement en moi, apportant une délicieuse sensation d'élancement. Il grogne et ferme les yeux.

— Putain. C'est si bon.

— Pour moi aussi.

Il entrelace nos doigts, aplatit mes mains sur le matelas et roule des hanches contre moi. J'émets un hoquet alors que des étincelles de plaisir crépitent en moi. Il continue son avancée en roulant lentement des hanches, d'une manière qui fait rouler mes yeux dans mes orbites. Je n'ai jamais rien ressenti de tel, une tension intense et contractée qui me coupe le souffle à chaque mouvement. C'est trop.

— Sean, dis-je d'un ton presque désespéré.

— Oui, je sais.

Il m'embrasse, me mordille la lèvre inférieure et l'apaise en la suçant lentement, détournant mon attention de la pression qui se resserre de plus en plus vite en moi à mesure que son corps me propulse vers des niveaux de plus en plus élevés de plaisir chauffé à blanc.

Il lève la tête, son regard brûlant rivé au mien, et tout en moins jaillit jusqu'au bord de l'orgasme. Mon cœur bat la chamade, ma respiration est irrégulière. Il est le seul à pouvoir me donner ce dont j'ai besoin. Il continue d'aller et venir encore et encore, sans jamais me quitter des yeux. Il relâche mes mains, qu'il maintenait clouées au matelas, et je m'empare de ses fesses pour le presser plus près. Il s'enfonce profondément et se maintient immobile tout en glissant une main entre nous. Mon corps sursaute et je craque, le choc du plaisir me transperçant comme une étoile filante et me picotant la peau des pieds à la tête.

Il bondit en avant et presse sa bouche contre le côté de mon cou tout en s'enfonçant brutalement et profondément, faisant naître de plus en plus de plaisir. Je sens son grognement vibrer contre mon cou alors qu'il lâche prise, enfoui au plus profond de moi.

Je le maintiens contre moi tout en reprenant mon souffle.

Finalement, je lâche :

— Tu parles d'une distraction.

C'est comme ça qu'il m'appelle depuis le début. Je le distrais de son travail.

Il lève la tête et sourit.

— La meilleure qui soit.

— Tu as vraiment un don.

— Qu'est-ce que tu veux dire ?

— Tu es doué au lit.

Il m'embrasse et roule sur le flanc.

— Nous sommes deux, chérie.

Une chaleur irradie dans tout mon corps et mon cœur fait une petite danse dans ma poitrine. Je ne peux m'empêcher de sourire bêtement. Il m'a appelée « chérie. »

∽

Sean

Je reste étendu sur le matelas à côté de Josie, épuisé. C'était encore mieux que je m'y attendais. J'ai envie d'elle depuis qu'on s'est rencontrés, et la tension grandit depuis des semaines. Je me suis retenu en mobilisant toute la volonté que je possédais, jusqu'à ce qu'elle perde le pilote et ait besoin de réconfort. Je mentirais si je disais qu'une part de moi n'était pas heureuse. Je ne voulais pas m'engager avec quelqu'un qui avait déjà un pied dehors. Finalement, elle reste, sûrement pour un bon moment, compte tenu de la nature de son métier : les auditions, l'attente, les refus. Je me sens un peu coupable de vouloir qu'elle reste ici, à Brocklyn, mais ce n'est pas comme s'il n'y avait aucune occasion ici pour elle. Il y a un cinéma et quelques séries télé sont filmées ici. Pas autant qu'à LA, mais quand même. Je ne lui dis pas de ne pas travailler. Je lui dis juste de travailler près de moi.

Elle se hisse sur mon torse et sourit.

— Je me sens merveilleusement bien. Mon niveau d'endorphines est à son maximum. En quoi puis-je t'aider, aujourd'hui ?

Je caresse ses doux cheveux. Elle veut toujours bien faire, même si elle ne sait pas ce qu'elle fait.

— Tu peux retirer les poignées de placards de leurs boîtes pour moi.

— Et les installer ?

— Quand j'aurai percé les trous.

Il est hors de question que je la laisse installer les poignées. Elles doivent être parfaitement alignées.

— Quoi d'autre ?

— Que dirais-tu d'arracher les mauvaises herbes dans le jardin ?

— Mais je ne pourrais pas t'aider, si je fais ça.

— Tu m'aideras. Ça doit être fait pour vendre le logement. La cour de derrière doit avoir l'air parfaite.

Elle m'embrasse et répond :

— Tu essaies juste de faire en sorte que je ne reste pas dans tes pattes.

Je passe mon pouce le long de sa lèvre inférieure.

— Je ne veux pas être tenté par toi toute la journée. Je n'avancerai pas, si je n'arrête pas de me demander à quelle vitesse je peux me retrouver en toi.

— Ce soir, promet-elle en m'adressant un sourire lent et sexy.

— Marché conclu.

— Ou peut-être un coup rapide cet après-midi ?

Je l'attire sur moi et passe les bras autour d'elle.

— J'aimerais pouvoir rester au lit avec toi toute la journée.

Elle presse sa joue contre mon torse.

— Moi aussi, dit-elle, avant de lever la tête. Mais tu dois terminer ton travail. Qu'est-ce qui se passera quand la maison sera vendue ? Où est-ce que tu iras ?

— Je cherche encore un logement, j'attends que quelque chose d'intéressant se présente. S'il le faut, je pourrais m'installer chez l'un de mes frères temporairement. Même si ce n'est pas l'idéal. On finit rapidement par se taper sur les nerfs, quand on vit et travaille ensemble.

Elle m'embrasse à nouveau, puis sort du lit.

— Je vais commencer par le jardin. Je ne suis pas sûre que les poignées de placards soient vitales pour la rénovation.

— Elles sont terriblement vitales. Personne ne pourrait ouvrir les placards, sans elles.

— Hum hum.

Elle s'habille et je la regarde, regrettant de ne pouvoir graver ce spectacle dans ma mémoire. C'est la femme la plus sexy que j'aie jamais vue, tout en courbes élancées et athlétiques. Une fois habillée, elle frappe deux fois dans ses mains.

— Allez ! Au boulot, patron.

Je sors du lit et l'attrape. Elle pousse un cri aigu, puis se met à rire quand je la fais tourbillonner, avant de la reposer sur ses pieds.

Elle me lance un regard rayonnant et mon cœur gonfle dans ma poitrine. Toute cette bienveillance souriante dirigée vers moi, ça a quelque chose de puissant.

— Quelle excellente manière de commencer ma journée ! Merci.

— Merci à *toi*.

Je me rhabille et la regarde se précipiter à l'étage.

— Le jardin est de l'autre côté ! lui hurlé-je.

— Je sais ! Je vais enfiler des manches longues et prendre un chapeau.

Je me surprends à sourire sans vraie raison et m'empresse de finir de m'habiller. Si je ne fais pas attention, elle va comprendre à quel point je craque pour elle. Je ne veux pas qu'elle ait ce genre de pouvoir sur moi. Je dois garder notre relation légère et décontractée jusqu'à ce que je sois sûr de ses sentiments.

Je retourne à la cuisine et sifflotant. Je ne peux m'empêcher de penser que c'est un début très prometteur.

9

———

Josie

JE METS toute mon énergie dans la tâche de désherber la cour, et au bout d'un moment, je finis par apprécier ça. Il y a quelque chose d'agréable dans le fait de creuser la terre. Et il fait une température agréable de quinze degrés, en ce jour de fin avril. Sean a raison. La cour est un gros argument de vente, parce qu'à Brooklyn, tout le monde n'a pas la chance d'avoir un joli coin jardin. Sans parler d'une douche extérieure. C'est vraiment cool. Le moment passé avec Sean ce matin tourne en boucle dans ma tête. C'est la meilleure relation sexuelle de ma vie, et de loin, et je suis impatiente de recommencer.

Plusieurs heures plus tard, je finis le jardin, couverte de terre et pleine de désir féroce pour Sean.

Je passe la tête par la porte du fond et lance :

— Eh, j'ai terminé.

Il se redresse de là où il était accroupi ; il était en train de faire je ne sais quoi sous le nouvel îlot en bois clair fraîchement installé.

— Excellent, dit-il.

Je prends une mine un peu boudeuse et lève une hanche.

— Je suis si sale. Il vaut mieux pas que je rentre.

Je marque une pause, avant d'ajouter :

— Toi, par contre, tu pourrais.

— Je pourrais, acquiesce-t-il, et ses yeux se mettent à pétiller.

— Je te rejoins là-bas, dis-je en levant un bras par-dessus ma tête pour lui indiquer la douche extérieure.

Un frisson d'impatience me parcourt alors que j'atteins la douche, là où j'ai eu mon premier aperçu de Sean nu. Je laisse l'eau se réchauffer et me déshabille, laissant mes vêtements sales sur le banc. J'espère que Sean va amener des serviettes. J'entre sous le jet d'eau chaude et me lave avec le savon sur son support. Plusieurs minutes plus tard, je commence à me demander s'il a changé d'avis. À moins qu'il n'ait pas compris le message. Eh bien, ça craint. Maintenant, je vais devoir repartir en courant vers la maison, trempée et toute nue.

Je lève la tête vers le ciel et hurle à pleins poumons :

— Sean !

— Je suis juste là.

Je sursaute quand il apparaît soudain.

— Tu étais en train de m'épier ?

— Je te laissais te nettoyer, comme un vrai gentleman.

— Hum, j'ai plus l'impression que tu m'épiais. Tu as apporté des serviettes ?

— Oui.

— Alors, grimpe là-dedans, homme merveilleux !

Il sourit, se déshabille et me rejoint. Il m'attire contre lui, m'embrasse, et prend mon visage entre ses grandes mains. Je fonds contre lui. Il y a quelque chose de si formidable, dans la sensation de ses mains rendues calleuses par le travail manuel ; quelque chose de si compétent et assuré. Comme lui. Sa bouche ne s'écarte à aucun moment de la mienne alors que ses mains me caressent les épaules et le dos, avant de glisser le long de mes flancs pour prendre mes seins en coupe et les caresser. Mes tétons durcissent et ses pouces les effleurent avant de les pincer. Le désir se déploie en moi en une vague de chaleur lente.

Son regard croise le mien et ma respiration s'accélère à l'intensité des sentiments que j'y lis. Je ne crois pas imaginer des choses. Il ressent la même chose que moi, et ce que je ressens…

Je suis en train de tomber amoureuse de lui.

Il se penche en avant pour prendre mon sein dans sa bouche et le sucer jusqu'à faire pulser tout mon corps. J'enfouis mes doigts dans ses cheveux et le maintiens contre moi. J'ai envie de lui dire que je tiens à lui, mais je n'arrive pas à prononcer les mots. J'espère qu'il sait que pour moi, ça n'a rien d'une simple passade. Il passe à mon autre sein et referme délicatement les dents sur mon téton, avant de le sucer avec force.

— Sean, j'ai besoin de toi.

Il presse une main entre mes jambes, puis me caresse, m'offrant ce dont j'ai besoin. Mais j'ai besoin d'encore plus que ça. Il lève la tête, se redresse et scrute l'expression de mon visage. Je ne prends pas la peine de lui cacher mes sentiments. J'ai envie de lui, j'ai besoin de lui, et je tiens à lui, plus que j'ai jamais tenu à aucun autre homme.

Il détourne le regard, et je sens son absence aussi vivement que s'il avait ouvertement rejeté mes sentiments. Il est en train de se refermer. Et j'en ai la confirmation quand il me fait me retourner de manière à ce que mon dos se retrouve pressé contre son torse, refusant le contact visuel.

Sa main prend mon sein en coupe tandis que l'autre se glisse entre mes jambes.

— Tu es prête pour moi.

— Plus que toi, parvins-je à articuler.

J'essaie de donner une pointe de reproche à ma voix, mais

je suis trop à bout de souffle. J'ai envie qu'il soit comme ce matin, et qu'il me laisse l'approcher.

— J'en doute, réplique-t-il en pressant son érection contre mes fesses. Je suis tellement prêt.

Il me caresse en dessinant des cercles aguicheurs qui font grimper le plaisir de manière si intense que j'arrête de songer à quoi que ce soit d'autre à part ses doigts et le plaisir qu'il m'apporte.

— Écarte les jambes.

Je fais ce qu'il me demande. Il me pince, et je hoquette. Puis il recule. Je me retourne et le regarde attraper un préservatif, espérant capter cette lueur d'intensité dans ses yeux, qui me laisse entendre qu'il ressent la même chose que moi.

Il croise brièvement mon regard, avant de baisser les yeux sur mes seins.

— Regarde-moi, ordonné-je.

— C'est ce que je fais, répond-il.

Puis il se place rapidement derrière moi, me fait me pencher en avant et s'enfonce en moi.

Tout l'air s'échappe de mes poumons. Avec effort, je le regarde par-dessus mon épaule. Il a les yeux fermés alors qu'il me prend par les hanches pour s'enfoncer profondément et brutalement en moi. Son regard tendre me manque.

— Mon doux Sean, dis-je, parce que c'est ce qu'il est, et qu'il essaie de le nier.

Il ne veut pas que je voie qu'il a des sentiments pour moi, lui aussi.

Son index s'enfonce dans ma bouche, m'étouffant.

— Suce, ordonne-t-il d'une voix rocailleuse, tout en se frottant contre mes parois internes.

J'obéis et suis aussitôt récompensée par ses doigts qui me caressent entre les jambes, pendant qu'il s'enfonce lentement et profondément. Mon esprit se vide totalement alors que le plaisir afflue en moi en vagues successives. Je suis trempée de désir, immédiatement au bord de l'orgasme alors qu'il prend le contrôle. Je n'ai plus conscience de rien d'autre que le plaisir vif et son souffle hâché dans mon oreille. Il retire son doigt de ma bouche et me pince le téton, fort. Je hoquette. Il se déplace pour pouvoir prendre mon sein en coupe et me fait me redresser de manière à ce que mon dos soit pressé contre son torse, avant de me pénétrer profondément encore et encore.

Je scande son nom sans pouvoir m'arrêter, envahie d'un désir si intense que je ne peux rien faire d'autre. Son autre main se referme légèrement entre mes jambes et il me tapote doucement, en rythme avec ses coups de reins, jusqu'à me rendre folle. Mon orgasme est tout juste hors de portée.

— Sean, s'il te plaît !

— S'il te plaît, quoi ? demande-t-il d'une voix râpeuse.

— Fais. Moi. Jouir.

Il accélère un tout petit peu, et la pression de ses doigts devient tout juste ce qu'il me faut. Il referme les dents contre mon cou et une décharge me traverse, juste avant que l'orgasme me transperce. Je pousse un cri exultant, éprouvant un plaisir plus profond que j'en ai jamais ressenti. Il me relâche le cou, me prend les hanches à deux mains et commence à me pilonner. Je me raccroche au sommet de la paroi de douche pour garder l'équilibre malgré ses mouvements puissants. Des décharges de plaisir me traversent à chaque coup de reins. Il lâche un son guttural et m'attire à nouveau contre lui, avant de lâcher enfin prise.

Nous sommes tous les deux haletants. Je tremble et mes jambes vacillent. Il se retire et je me tourne face à lui. Son expression à découvert est féroce, possessive. Il m'attire contre lui et m'enveloppe dans ses bras. C'est alors que je réalise que les hommes comme Sean ont plus d'une façon de montrer qu'ils tiennent à vous. C'est aussi quelque chose de physique, une manière de me revendiquer, et j'ai envie qu'il me revendique.

AUJOURD'HUI, c'est le grand jour : celui de ma rencontre en tête à tête avec Claire Jordan. Je prends plusieurs grandes inspirations avant d'entrer dans le Luc's Bistro du centre-ville, où je dois la rencontrer dans une salle du fond privée. Claire Jordan ! Mon estomac se sert alors que la nervosité m'envahit. Je fais volte-face et retourne sur le trottoir. Respire. Respire. Ne te ridiculise pas en te comportant comme une fangirl avec elle.

Je fais les cent pas sur le trottoir, et envisage d'envoyer un message à Sean pour qu'il me fasse redescendre sur terre, mais nous sommes samedi, ce qui veut dire qu'il a besoin de pouvoir travailler sur la maison de Winnie sans être inter-rompu. Il s'est comporté comme dans un rêve toute la semaine. Si tendre, si sexy, si follement et férocement passionné. Je rougis des pieds à la tête en me remémorant la nuit dernière, quand il m'a cloué contre le mur de ses bras forts et de ses puissants coups de reins. Oh, c'est mal. Voilà que je me mets à avoir envie de Sean alors que je devrais me concentrer sur mon rendez-vous avec Claire Jordan.

Claire Jordan !

Je me force à prendre une grande inspiration, tout en passant mes mains moites le long de ma jupe droite noire. Je porte aussi un chemisier blanc, avec un collier de perles rouges pour apporter une touche de couleur. J'espère ne pas m'être habillée d'une manière trop élégante. C'est juste que Claire était incroyable, dans la trilogie de films *Farouche*, et avant ça, j'avais déjà été si inspirée par sa performance en tant que chef de gang dans le film post-apocalyptique *Brouillard Bleu*. Et elle produit d'autres films merveilleux par le biais de sa compagnie de production, Red Jewel Films, certains tirés de scripts, et d'autres de livres. Elle propose des histoires vraiment originales, et j'adore tous les films qu'elle a faits. Bon, je ne vais pas lui demander de me mettre dans l'un de ses films. Ça ne se fait pas. Elle me fait déjà une fleur en acceptant de me rencontrer, alors que je ne suis que l'amie d'une amie. Je suis ici pour apprendre. C'est tout.

Il est temps d'arborer mon visage d'actrice professionnelle et de me lancer !

Je retourne à l'intérieur et donne mon nom au maître d'hôtel, avant de lui expliquer que j'ai rendez-vous avec Amélia Hart ; c'est le nom qu'elle prend quand elle veut rester incognito. J'ai entendu dire qu'elle se faisait autrefois appeler Jenny. Le truc, c'est que cela s'est terminé quand elle a fait semblant d'être Jenny la fille ordinaire pour sortir avec un type normal, qui a fini par devenir son mari. Je suis au courant de tout ce qui a été partagé en ligne la concernant. Elle est mon idole.

Un Hawaïen à l'air effrayant, au crâne rasé et aux muscles si gros qu'ils tendent le tissu de son tee-shirt noir, apparaît à côté de moi. Ce doit être son garde du corps.

— Accord de non-divulgation, dit-il en me tendant un papier à signer.

J'y jette un œil et le signe sans tarder. Je ne trahirais jamais Claire Jordan, mais je comprends qu'elle se montre prudente.

Il me fait signe de le suivre. Nous rejoignons une salle du fond verrouillée. Il passe sa carte pour ouvrir la porte, puis me fait signe d'entrer. La porte se referme derrière moi et, soudain, il n'y a plus que moi et *elle*. Les trois autres tables sont vides et son garde est resté hors de la pièce.

Je dévisage Claire Jordan, assise devant une table ronde à nappe blanche et occupée à boire un verre d'eau pétillante. Ses cheveux blonds longs jusqu'aux épaules sont lisses et elle arbore une expression composée et assurée. Elle porte une robe noire et blanche sans manche qui me rassure aussitôt : ma tenue n'est pas trop élégante.

— Bonjour, dit-elle de sa voix rauque et gutturale. Tu dois être Josie.

— C'est moi, acquiescé-je en m'avançant vers elle, main tendue. C'est un plaisir de vous rencontrer.

Je fais quelques pas hésitants vers elle en gardant la main tendue, puis je l'atteins et elle la serre.

— Je suis une grande fan !

Elle me sourit aimablement.

— Merci. J'espère que ça ne te dérange pas, mais j'ai commencé à manger avant ton arrivée, dit-elle en indiquant du doigt le panier de pain. J'ai des nausées matinales, étant enceinte de mon troisième bébé. Garde ça pour toi, d'accord ?

Je hoche la tête avec vigueur tout en me laissant tomber sur ma chaise.

— Bien sûr. J'ai signé l'accord de non-divulgation, mais même sans ça, je vous jure que je n'aurais jamais raconté à personne quoi que ce soit de ce que vous me direz. Je suis tellement contente d'être ici. Comment vont Owen et Harper ?

Je lève la main avec précipitation et ajoute :

— Je ne suis pas une harceleuse. Je fais juste des recherches sur les acteurs dont j'admire la carrière, et les trucs personnels apparaissent en même temps.

— Ah, d'accord. Tu es une amie de la princesse Silvia, c'est ça ? Hailey m'a dit beaucoup de bien d'elle. C'est une bonne amie à moi.

Je hoche la tête, et m'enjoins à arrêter de hocher la tête tout le temps.

— Oui. Je sors… je suis *avec*, euh, je ne sais pas trop comment qualifier ça, mais Sean est son cousin. Celui de Silvia, je veux dire. Je connais bien Sean. Très bien, même.

Mes joues deviennent brûlantes. Ne confie pas tes histoires de sexe avec Claire Jordan ! Je me racle la gorge et reprends :

— Silvia s'est montrée très gentille avec moi. Je ne connais pas Hailey. Vos enfants sont adorables.

— Merci. Ils vont bien. Ils sont avec mon époux en ce moment.

Elle sourit et ses yeux noisette s'illuminent. L'effet est encore plus frappant en personne que sur le grand écran.

— Owen a trois ans et demi, il adore jouer au soccer et jeter toutes les balles qu'il trouve. C'est un athlète, comme son père. Harper aussi. Je crains qu'elle ait hérité de mon sens du dramatique. C'est une vraie terreur.

— Ils ont l'air merveilleux. Votre famille doit être formidable.

— C'est vrai, sourit-elle. Merci.

Elle fait un geste vers la porte au fond de la pièce, qui est munie d'une petite fenêtre en verre, et un serveur arrive vers nous avec les menus. J'en prends un. Il n'y a que trois options, et aucun prix n'est indiqué. J'espère que tout ça est dans mes moyens.

Elle commande une assiette de saumon et moi une salade chaude aux épinards. Une salade, ça ne peut pas être bien cher, n'est-ce pas ?

— J'espère que tu ne t'affames pas pour conserver une silhouette précise, dit-elle une fois que le serveur est parti. Toutes les silhouettes sont acceptées, dans le métier, de nos jours.

— Non, c'est juste que j'aime beaucoup la salade.

— Alors, parle-moi de toi. Comment va ta carrière ?

Je laisse échapper un soupir et décide de me montrer honnête. Sa carrière a décollé quand elle était jeune, mais je suis sûre qu'elle comprendra à quel point ce peut être difficile.

— Pas aussi bien que la vôtre, pourtant je reste optimiste. J'ai adoré la trilogie *Farouche*, *Attraction entre bons voisins*, *Pleasant Town* et *Brouillard Bleu*. Oh, la liste est trop longue pour pouvoir tous les dire ! J'essaie de faire des recherches sur les acteurs dont j'admire la carrière, c'est comme ça que j'en sais autant.

— Tu as l'air nerveuse, remarque-t-elle en se penchant en avant. Il n'y a pas de raison. Je suis comme toi, une actrice qui cherche à laisser son empreinte. Ce n'est pas une audition. Juste une conversation. J'aime apporter mon aide quand je peux, et j'aurai adoré avoir une conversation honnête avec une actrice expérimentée, quand j'étais encore une novice. Silvia m'a dit que tu débutais tout juste.

— Je n'arrive pas à vous imaginer en tant que novice. Vous avez percé très jeune, et maintenant, vous êtes lancée.

Elle mord une bouchée de pain et la mâche.

— Tu découvriras qu'à chaque nouvelle étape franchie, de nouveaux défis t'attendent. Ça n'arrive jamais en une fois, tu ne regardes jamais autour de toi en te disant, « j'ai réussi, je peux arrêter de travailler si dur, maintenant. »

— Oh.

— Mais certaines choses deviennent plus faciles, admet-elle en buvant une gorgée d'eau. Je n'ai plus besoin de passer des auditions. On m'envoie des scripts prometteurs, je peux produire mes propres films et jouer dedans si j'en ai envie. En fait, je te recommande de le faire, si ce n'est pas déjà le cas. Crée du contenu et mets-le en ligne. Beaucoup d'acteurs ont obtenu des contrats pour développer leurs séries de cette manière.

— Je ne suis pas très douée pour l'écriture, mais je pourrais essayer.

— De nos jours, les acteurs doivent être un peu tout à la fois : acteur, auteur, directeur, producteur.

— Comédien.

— Tu es comédienne ?

— Oui. Je veux dire, je fais du stand-up, parfois. J'aime les rôles comiques. J'aime tous les rôles. J'ai envie d'avoir le choix entre les genres que je joue, comme vous, et je n'ai pas envie d'être mise dans une case.

Elle hoche la tête, mange un morceau de pain et le mâche.

— Désolée si je grignote autant. J'ai besoin de calmer mon estomac.

— Pas de problème ! Je comprends complètement.

— J'ai eu beaucoup de chance d'être prise dans un film qui a cartonné très tôt dans ma carrière. Ça m'a donné le choix. Il ne s'agit pas seulement de travailler dur. Il faut aussi arriver au bon moment et avoir un peu de chance.

— Oui, je suis parfaitement d'accord. Merci d'avoir dit ça.

Le serveur apparaît et nous propose de petits bols de soupe de melon froide.

— Avec les compliments du chef.

— Merci, dis-je.

— Merci, murmure Claire.

J'en mange une cuillerée et remarque :

— C'est si savoureux.

Elle en prend une cuillerée à son tour.

— Je suis contente qu'elle te plaise. Je viens souvent ici avec mon mari, quand nous voulons manger un repas tranquille. Alors, parle-moi de ton expérience professionnelle.

Je pose ma cuillère et me demande si je devrais sortir mon C.V et mon book de photos de mon énorme sac à main. Non, elle ne me les a pas demandés. Ce n'est pas une audition.

— J'ai tourné dans une pub pour le parfum à Noël dernier, dans une série de vidéos éducatives au sujet des bibliothèques, et dans un nombre incalculable de films d'étudiants à la fac de New York. J'ai passé mon BFA en comédie là-bas. Je passe des auditions régulièrement, et j'ai été prise dans trois pilotes de sitcoms qui n'ont pas été retenus. J'adorerais travailler dans un film. Je suis une grande fan de cinéma, alors c'est mon objectif ultime.

— C'est génial. Je n'ai pas eu mon BFA, et je me suis toujours un peu demandé si j'avais raté quelque chose. J'ai suivi des cours et j'ai appris sur le tas. Pour mon premier film, on m'avait affecté un coach de comédie professionnel, que j'ai continué à voir pendant un certain temps, jusqu'à me sentir assez à l'aise.

— Nos chemins ont été très différents.

Même si je peux deviner comment elle a obtenu son

premier grand rôle. Elle a le genre de physique qui rayonne devant la caméra, et sa voix attire l'attention, avec son timbre rauque.

— J'espère que tu as apporté ton book et ton CV.

— Oui ! m'exclamé-je dans un sursaut. Je ne savais pas si vous voudriez les voir.

Je prends mon sac à main, l'ouvre et en sors prudemment mon CV, au fond du book. Je le lui tends.

— J'ai aussi une vidéo, que vous pouvez voir sur mon site internet. L'adresse est sur mon CV. C'est juste mon nom. Josie Abbott.

Oh, mon Dieu, je suis en train de bavasser comme une pie. Détends-toi !

Elle étudie brièvement le CV, puis sort son téléphone.

— Je vais regarder ta vidéo tout de suite.

Mon estomac se serre. Pourquoi est-ce que les gens n'arrêtent pas de faire ça devant moi ? Je dois arrêter de le mentionner.

— Bien sûr, parvins-je à articuler.

Je me concentre sur ma soupe alors que j'entends ma propre voix sortir de son téléphone. Je suis incapable de lever les yeux pour voir son expression. Elle pourrait n'être pas du tout impressionnée, ou même être déçue. Et si elle avait le sentiment que cette discussion était une perte de temps complète ? Elle m'a rencontrée alors qu'elle a des nausées matinales. Elle n'était vraiment pas obligée de faire ça.

— Je vous suis vraiment reconnaissante d'avoir accepté de me rencontrer, lâché-je de but en blanc.

Elle lève un doigt en l'air et continue à regarder ma vidéo.

— Désolée.

Je roule ma serviette sur mes genoux d'un côté et de l'autre, attendant le verdict.

Elle sourit et range son téléphone.

— Dieu merci, tu es vraiment bonne. Je craignais de devoir faire semblant de trouver ça pas mal.

Je lui adresse un sourire rayonnant.

— Merci mille fois ! Je suis si heureuse que ça vous ait plu.

— Qu'est-ce que tu penses de la fantasy ?

Mon cœur se met à battre la chamade. Oh mon Dieu. Est-ce qu'elle va me proposer un rôle dans l'un de ses films ?

— J'aime bien la fantasy. Vous avez quelque chose en tête ?

Le serveur apparaît pour récupérer nos bols de soupe et annonce :

— Le déjeuner sera bientôt prêt.

Je suis au bord de mon siège alors que j'attends qu'il s'en aille.

Claire le remercie et se tourne à nouveau vers moi.

— J'ai acheté les droits cinématographiques d'un livre de fantasy épique, *Le Labyrinthe élucidé*.

J'émets un couinement et me plaque une main sur la bouche.

— Tu en as entendu parler, sourit-elle.

— Oui ! Je lis du Young adult. Je peux passer pour une adolescente.

Le Labyrinthe élucidé a pour héroïne une sorcière adolescente qui découvre un jour une tribu de gens comme elle, et qui finit par renverser la société patriarcale dystopique. En bref, c'est le rôle de toute une vie ! La fan base est énorme ! C'est un film féministe. Tout ce dont j'ai toujours rêvé. Je commence à avoir du mal à respirer. *Ne te mets pas à hyperventiler ! Aaah !*

— Je suis d'accord, tu as l'air jeune, continue-t-elle. Nous cherchons une actrice inconnue pour jouer Sophie, pour que le public ne se fasse pas d'idées préconçues liées à un rôle précédent.

Je me tortille sur ma chaise tant je suis surexcitée. *Enfin, ça paie d'être une inconnue !*

— Ça me paraît logique, parvins-je à articuler d'une voix calme.

— Nous cherchons une femme de dix-huit ans ou plus

pour la jouer. Bref, le livre est long, alors pour rendre justice aux fans, nous allons l'adapter en deux films, tournés de manière consécutive. Nous avons lancé une grande recherche internationale pour le rôle de Sophie. Et quand je dis « grande », je ne plaisante pas. Nous avons étudié cinq mille candidatures par vidéo, et avons réduit la liste à trois cents pour les auditions à l'écran, mais nous n'avons toujours pas trouvé la bonne actrice. Je vais te mettre en contact avec notre directrice de casting, et tu pourras lui dire que je t'ai approuvée personnellement afin qu'elle reste attentive. Mais je ne te promets rien, d'accord ?

— Merci mille fois ! C'est si généreux de votre part !

Elle lève une main pour m'interrompre.

— Je te mets le pied à l'étrier, rien de plus. Nous avons besoin de quelqu'un capable de donner un côté sérieux à Sophie, tout en étant crédible en tant qu'adolescente de dix-sept ans. C'est une femme forte et compétente. Elle a du cran.

— J'adore ça ! Je peux complètement jouer ça.

Je sors mon téléphone et, dans mon enthousiasme, le fais tomber.

— Zut.

Je n'ai pas les moyens de le remplacer. Je le ramasse sur la moquette. Par chance, il est encore en état de marche.

— Quel est le numéro de la directrice de casting ?

Elle sort son téléphone et me le transmet.

J'ai envie d'appeler sur le champ et de commencer à me préparer pour le rôle, mais c'est alors que je réalise que ce serait très impoli.

— Est-ce que je peux faire quoi que ce soit pour vous ? Vous avez besoin d'une baby-sitter ? De quelqu'un pour faire vos courses ? N'importe quoi ?

Elle rit.

— J'ai tout ce qu'il me faut, mais merci de la proposition. Peu de gens prennent cette peine. Oh, et tu dois savoir que nous tournons à Vancouver pendant six mois. Est-ce que ça te convient ?

— Tout à fait.

Mon sourire s'évanouit quand je réalise que cela signifie dire au revoir à Sean. Nous ne sommes colocataires que depuis trois semaines, et ensemble depuis une seule, mais je ne peux m'empêcher de penser que c'est le début d'une relation significative.

— Quand commence le tournage ? demandé-je, avant de me moquer de moi-même. Je demande ça avec tellement d'optimisme.

— En septembre.

Le déjeuner arrive et nous commençons à manger. Je n'arrête pas de penser à Sean. Nous sommes début mai. Si nous sommes toujours ensemble d'ici septembre, nous pourrons tenter une relation à longue distance. Ce n'est que pour six mois. Nous ne serons ensemble que depuis cinq mois, à ce moment-là. Serait-il prêt à me rendre visite ? Ou est-ce que ce serait loin des yeux, loin du cœur ?

Je jette un coup d'œil à Claire, qui lève la tête vers moi et m'adresse un petit sourire aux lèvres closes tout en continuant à mâcher.

— Est-ce que c'est dur, pour vous, quand vous êtes en tournage loin de votre famille ?

— Oh, non, ma famille vient avec moi. Ce métier est difficile pour préserver une relation. Assure-toi que ton partenaire te soutienne dans ta carrière. Mon mari, Jake, voyageait avec moi sur les lieux de tournage avant même qu'on se marie. Il était complètement engagé à mes côtés, et il travaillait à distance quand c'était nécessaire. Au bout d'un moment, il a fini par se mettre à travailler pour ma compagnie de production. Maintenant, les enfants voyagent aussi avec nous. Mais je suis plus fatiguée, avec cette grossesse, et j'ai dû ralentir le rythme. J'ai une bonne équipe qui travaille à Red Jewel Films, et tu as peut-être remarqué que je n'avais plus accepté de rôle important depuis deux ans.

— Mais *Une Charmante Nuit* vient de sortir à Noël. Oh, ça a été tourné plus tôt ?

— Oui, répond-elle en s'essuyant la bouche avec une serviette. Parfois, ils gardent les films pour les sortir à une époque précise de l'année.

Je me remets à manger tout en songeant à ce qu'elle a dit à propos de la nécessité d'avoir un partenaire qui nous soutient. Quand j'ai perdu le pilote, Sean m'a beaucoup soutenue et réconfortée. C'est à ce moment-là qu'on s'est mis ensemble. Je m'immobilise. Était-ce une coïncidence, ou est-ce qu'il ne voulait pas être avec moi tant qu'il n'était pas sûr que je n'irais nulle part ? Est-ce qu'il me soutiendrait dans ma carrière, si je partais ?

— Tu vas bien ? demande-t-elle.

Je reporte aussitôt mon attention sur elle.

— Je réfléchissais juste à ce que vous avez dit. Merci du conseil. Je crois que mon petit ami… enfin, nous n'avons pas vraiment d'étiquette officielle… mais je crois qu'il me soutiendrait. Mais je n'en suis pas sûre, étant donné qu'aucun boulot ne m'a encore éloignée pendant un moment. Avec un peu de chance, je le découvrirai un jour, et je prendrai une direction positive, à la fois dans ma carrière et ma relation.

Elle mange une petite bouchée de purée, mâche, puis dit :

— Certaines de mes amies s'en sortent autrement. Par exemple, si leur mari ne peut pas voyager avec elles, elles essaient de ne pas rester séparées de lui pendant plus de deux semaines. Ça demande de faire beaucoup d'allers-retours en avion. Et ça laisse des traces. Je suppose que le mieux serait que tu en parles à ton partenaire, et que vous décidiez de ce qu'il y a de mieux pour vous deux.

— Oui, c'est le plus raisonnable.

J'essaie de sourire, sans y parvenir. Je n'ai jamais tenu suffisamment à un homme pour m'inquiéter de ce genre de chose. Je vais un peu vite en besogne. Je ne sais pas si j'aurais le rôle dans son film incroyable, et je ne sais pas non plus où j'en suis avec Sean. Même si je sais qu'il tient à moi. C'est dans ses yeux et dans ses caresses, même si ce n'est pas dans ses mots.

Nous terminons notre repas tout en discutant de nos films préférés, et elle me raconte même les bêtises de ses enfants. Ils se lâchent souvent à l'heure du bain, avec les bulles. C'est si mignon ! Elle a vraiment les pieds sur terre, et je me sens si reconnaissante qu'elle m'ait accordé cette chance.

— Je dois partir, finit-elle par dire en prenant son sac à main. Mais c'était un plaisir de déjeuner avec toi.

— Pour moi aussi ! Et je ne pourrais jamais vous remercier assez de votre générosité, de m'avoir accordé un peu de votre temps et tous ces conseils, sans oublier le pied à l'étrier. Merci pour tout ! Je crois que je suis encore plus fan de vous qu'avant, ce qui est dingue. Enfin, pas dingue dans le sens psychopathe.

Je grimace et me reprends :

— Désolée, je deviens un peu trop enthousiaste, parfois.

— Oooh, de rien ! s'exclame-t-elle.

Elle se lève et me tend les bras. Je m'empresse de contourner la table pour l'enlacer.

— Merci, répété-je en m'écartant.

Elle sourit.

— La meilleure manière de me remercier, c'est de transmettre ton aide à ton tour quand tu seras en position de le faire.

— Je le ferai !

Elle sort de la pièce, tellement raffinée et sophistiquée. Je reste là pendant quelques minutes, m'efforçant de digérer tous les trucs fantastiques qui se sont passés dans cette pièce, jusqu'à ce que je réalise que je ferais mieux d'y aller. Je prends mon sac à main et sors à mon tour. Je l'aperçois alors qu'elle sort du restaurant, son garde du corps sur les talons.

J'attends un peu pour ne pas donner l'impression de la suivre. C'est alors que je réalise qu'elle a dû payer le déjeuner pour moi. Claire Jordan m'a payé à déjeuner ! Je suis bien décidée à faire la même faveur à la première personne qui me demandera mes conseils, comme elle me l'a demandé.

OK, il est temps que j'aille me préparer à atteindre la gloire, maintenant ! Le rôle de toute une vie.

10

———

Sean

Je suis épuisé, mais ça en valait la peine. Au bureau, nous avons lancé les travaux de notre premier projet pour Rourke Management, et avons reçu une très bonne presse à ce sujet (les gens adorent le fait qu'on fasse partie de la famille royale de Villroy), et ici, à la maison, je fais de gros progrès à la fois avec la rénovation et avec Josie. Non pas qu'elle soit un projet. Juste un pur délice. Elle illumine chaque journée un peu plus. J'adore rentrer à la maison pour la retrouver, dîner avec elle et dormir à ses côtés. Et même si je manque un peu de sommeil, parfois, parce qu'elle est trop tentante, je n'ai aucun regret. Nous sommes ensemble depuis trois semaines, et que voulez-vous ? Elle me rend heureux. Je me sens redevenu l'homme décontracté que j'étais autrefois. Nous rions beaucoup.

Nous sommes samedi, et j'ai arrêté de travailler en fin d'après-midi pour l'emmener dîner. Elle prend l'avion pour la Californie demain pour passer un bout d'essai pour un gros film, produit par la compagnie de production de Claire Jordan. La directrice de casting a aimé l'audition vidéo qu'elle lui a envoyée il y a deux semaines et a demandé à ce qu'elle vienne passer un bout d'essai au studio. Ses chances sont encore une fois infimes : beaucoup d'actrices ont passé un bout d'essai, mais elle reste optimiste. Je suis fier d'elle. Et elle ne restera absente qu'une semaine. Son agent l'a inscrite à quelques autres auditions tant qu'elle sera là-bas. Josie ne pense qu'au film de Claire.

Je l'emmène dans un endroit sympa, ce soir. Elle est à l'étage à se préparer, et m'a demandé de ne pas l'épier. Elle veut me faire la surprise avec sa robe.

Je finis de me préparer et descends pour l'attendre. La cuisine commence vraiment à avoir de la gueule. Je pense l'avoir terminée dans une semaine. J'ai programmé les inspections pour la semaine suivante. Je ne sais pas comment, mais j'ai réussi. Winnie m'a mis un coup de pied au cul avec ses délais, et apparemment, la maison va pouvoir être mise sur le marché le premier juin, comme elle le voulait.

J'ai signé un bail à long terme pour un appartement près du bureau, même si j'espère toujours qu'un logement sera disponible dans ce quartier. Quand j'ai demandé à Josie où elle pensait aller ensuite, elle m'a répondu que s'il le fallait, elle pouvait toujours aller rendre visite à ses parents à Nashville, mais elle n'était pas sûre. Je ne veux pas qu'elle parte aussi loin de moi. Une part de moi se dit qu'elle devrait emménager avec moi. Est-ce trop tôt ?

La sonnette retentit et je me dirige vers la porte, repérant une tête blonde familière. C'est Winnie, venue vérifier mon travail. Je suis surpris qu'elle ne soit pas venue plus tôt, vu la façon dont elle me harcèle par SMS.

J'ouvre la porte et lui donne tout de suite les dernières nouvelles, comme j'ai réservé pour le dîner et que je ne veux pas être en retard.

— Salut, Win. Tout avance dans les temps. Tu devrais

pouvoir mettre le logement sur le marché le premier juin, comme on en avait parlé.

Elle entre dans la maison. Ses cheveux blonds sont noués en arrière en une queue de cheval basse et son visage est anormalement pâle. Elle est bien habillée comme d'habitude, et porte une robe légère, verte à motifs floraux, avec des sandales beiges.

— Je suis désolée pour ces délais. Je n'aurais jamais dû te mettre autant la pression pour que tu finisses vite.

L'espace d'une seconde, je reste sans voix. Je travaille nuit et jour depuis des semaines, et maintenant elle me dit qu'elle est désolée pour les délais ?

— Alors tu ne veux pas vendre, finalement ? demandé-je une fois que je me suis ressaisi.

— Je ne sais pas. Je suis sûre que tout est parfait, dit-elle en plissant le front et en agitant la main autour d'elle.

— Qu'est-ce qui ne va pas ?

— Colin et moi avons rompu, annonce-t-elle, et son menton se met à trembler. Il voulait que je me fasse refaire les seins pour notre mariage. Il ne s'intéressait qu'à la surface.

Des larmes brillent dans ses yeux, et j'ai du mal à compatir avec elle sachant la manière dont elle m'a largué pour être avec lui.

— Je croyais que c'était quelqu'un de profond, tu sais ? Il s'intéressait beaucoup à l'art, mais ce n'était qu'un symbole de statut, pour lui.

Est-ce qu'elle veut réaménager ici ? Je jette un œil derrière elle. Pas de valise.

Une larme s'échappe de son œil pour rouler le long de sa joue.

Je regarde vers les marches et envisage de faire descendre Josie pour qu'elle se charge de sa cousine. Mais je finis par décider de laisser Josie finir de se préparer pour notre soirée spéciale. Je vais me charger de Winnie aussi vite que possible.

— Désolé pour Colin. Qu'est-ce que tu comptes faire ?

Elle renifle.

— Je me suis promis de ne plus pleurer. Laisse-moi jeter un œil à ton travail.

Elle avance jusqu'à la cuisine, ouvre des placards et passe son doigt le long du comptoir en teck de l'îlot.

— C'est magnifique.

— Merci.

— Je savais que tu ferais de l'excellent travail, dit-elle en approchant de moi.

— Tu veux voir les étages ? Les salles de bains ont été terminées depuis la dernière fois que tu es venue, et j'ai repeint les chambres d'une couleur neutre et retouché les finitions et les portes.

Elle prend une inspiration profonde et tremblante.

— Je voulais juste te dire que je suis désolée de la façon dont je t'ai quitté. Je sais que c'était abrupt et terriblement insensible de ma part. Je me suis comportée comme une idiote, et je le regrette.

— Ce n'est rien, Winnie. Je vais bien, et c'était il y a longtemps.

Elle pince les lèvres.

— Tu es un homme meilleur qu'il ne l'a jamais été. Je l'ai laissé me tourner la tête avec tous ses voyages fastueux et ses cadeaux somptueux. C'est toi, le vrai gentleman. Je n'aurais jamais dû te quitter, et si ce n'est pas trop tard, je voudrais qu'on se remette ensemble.

Je me frotte la nuque. Je n'ai jamais envisagé me remettre avec elle, quelles que soient les circonstances. Dès qu'elle m'a quitté pour un autre homme, j'ai coupé les ponts. Et maintenant, il y a Josie. Comment lui expliquer que je suis avec sa cousine, maintenant ?

— Sean ? me demande Winnie d'un ton hésitant.

— Non, je ne veux pas qu'on se remette ensemble.

C'est alors que Josie descend les marches, époustouflante dans sa mini-robe bleu marine au grand col en V et aux manches transparentes. Son sac à main rouge est assorti à son rouge à lèvres. Un élan d'affection me donne envie de l'attirer dans mes bras pour l'embrasser.

— Tu es magnifique, dis-je en m'avançant vers elle.

— Merci, répond-elle, avant de regarder par-dessus mon épaule. Salut, Winnie. Je ne savais pas que tu allais passer.

Je me tourne à nouveau vers Winnie. Je vois bien qu'elle a assemblé les pièces du puzzle. Josie et moi sommes bien habillés pour une soirée en ville. Il y a une familiarité entre nous. Josie ne me touche pas, mais elle est très proche, comme elle est habituée à l'être.

— Vous êtes ensemble ? demande Winnie d'une petite voix.

— Oui, réponds-je.

Winnie tourne la tête vers Josie et plisse les yeux.

— Pourquoi ne pas me l'avoir dit ?

— J'ai été assez occupée, répond Josie. Et je suis désolée. Je comptais t'en parler quand j'étais sûre que ça allait quelque part.

— Et c'est le cas ? demande Winnie, son regard allant et venant entre nous.

Je croise le regard de Josie. Elle me regarde avec tendresse. Je peux lire si facilement en elle. Elle tient à moi, tout autant que je tiens à elle. Il ne s'agit pas simplement d'une aventure pratique. Il y a des émotions derrière tout ça. Mes doigts me démangent tant j'ai envie de la toucher, et mon pouls accélère. C'est réel.

— Et toi ! lâche sèchement Winnie en pointant un doigt vers moi.

Je sursaute. J'avais presque oublié qu'elle était là.

— Je t'ai fait confiance pour veiller sur ma cousine, et tu l'as séduite !

— Je ne suis pas un moine castré, Winnie. Et puis, elle a vingt-quatre ans. Elle est assez grande pour savoir ce qu'elle veut.

— Toi ? demande Winnie.

— Oui.

Winnie se mordille la lèvre inférieure.

— Tu es en train de dire que c'est du sérieux ?

Je jette un œil à Josie, qui me rend mon regard, l'air d'attendre ma réponse.

— Oui, affirmé-je en passant un bras autour des épaules de Josie. Ça pourrait aller quelque part.

Un sourire illumine tout le visage de Josie et elle rive son regard au mien. Mon cœur gonfle dans ma poitrine. Elle se tourne vers Winnie, alors je fais la même chose. J'espère que Winnie comprendra le message : inutile de rester ici plus longtemps. Je ne me remettrai jamais avec elle.

Winnie lance un regard renfrogné à Josie.

— Tu es censée être de mon côté, et pas me poignarder dans le dos.

— Tu es fiancée à un autre homme, répond calmement Josie.

Je lui apprends les derniers développements dans un murmure :

— Ils ont rompu.

Josie incline la tête et continue :

— Je sais que c'est un peu embarrassant…

— Un peu embarrassant ? répète Winnie. C'est horrible. Alors, quoi, je vais devoir vous regarder vous dévorer le visage tous les Thanksgivings et tous les Noëls, maintenant ?

— Si tu le voulais, réplique Josie en levant le menton, pourquoi l'avoir largué ?

Winnie croise les bras contre sa poitrine.

— J'étais perturbée, répond-elle. Colin m'a tourné la tête avec tous ses cadeaux luxueux et ses voyages extravagants.

— J'ai plus l'impression que c'est l'argent qui t'a tourné la tête, répond Josie à voix basse.

Un silence de mort suit ces paroles. C'était dur. Vrai, mais dur.

Winnie pince les lèvres un long moment, avant de finir par lâcher :

— Je veux que vous partiez tous les deux d'ici. C'est chez moi, et je vais réaménager.

— Tu ne peux pas emménager dans une zone de construction, répliqué-je. Sois raisonnable.

— Est-ce que Colin t'a fichue dehors ? demande Josie.

— Non. Il a toujours son appartement près du boulot.

Josie s'avance vers elle et pose une main sur son bras.

— Laisse Sean finir les travaux. Après ça, tu pourras vendre avec un bon profit et t'acheter un endroit sympa à toi toute seule pour repartir à zéro.

Winnie fond en larmes.

— Oh, Winnie.

Josie essaie de la prendre dans ses bras, mais Winnie s'écarte d'un bond et court vers la porte. Josie se tourne vers moi.

— Je dois aller m'assurer qu'elle va bien, dit-elle.

Je lève une main pour acquiescer. Je ne m'attendais pas à moins venant d'elle. Elle m'a expliqué que Winnie était comme une grande sœur, quand elle était plus jeune. Malgré tout, j'espère que ça ne prendra pas trop longtemps. C'est censé être ma soirée spéciale avec Josie. Notre dernière avant qu'elle s'absente pour la première fois depuis qu'on s'est rencontrés.

~

Josie

JE DOIS COURIR dans mes escarpins noirs, ce qui me ralentit alors que je poursuis Winnie. Elle descend la rue à toute vitesse, en direction du parc. Je finis par la rattraper quand elle s'effondre sur un banc et laisse tomber sa tête entre ses mains, les épaules tressautant. Oh Seigneur. Je me sens terriblement mal pour elle. Je n'ai jamais vu Winnie sangloter comme ça jusqu'alors.

— Winnie, dis-je doucement en m'asseyant à côté d'elle. Je t'aime. Je n'ai jamais voulu te faire du mal.

— Va-t'en.

— Je t'en prie, tu as toujours été là pour moi. Laisse-moi être là pour toi. Tu pleures pour Sean ou pour Colin ?

— Les deux !

— Tu veux que je mette fin à ma relation avec Sean ?

Elle lève la tête. Ses yeux et son nez sont rouges.

— Tu le ferais ?

J'hésite, avant d'admettre la vérité :

— Non.

— Il t'aime, dit-elle d'une voix étranglée. Je le vois à la façon dont il te regarde.

Mon cœur se met à cogner dans ma poitrine et mes joues rougissent.

— Je l'espère, parce que je suis en train de tomber amoureuse de lui, moi aussi. Je suis tellement désolée que ça n'ait pas fonctionné comme tu l'espérais avec Colin. Qu'est-ce qu'il s'est passé ?

Elle m'explique comment cet homme se soucie plus de son argent et de son statut que d'elle, et je ne peux pas dire que cela me surprenne. Il est froid et calculateur, et il était clair que tout ça comptait beaucoup pour lui. J'espérais juste que sa relation avec Winnie n'était pas qu'une question de statut. Elle travaille dans une galerie d'art et gagne assez bien sa vie, mais elle n'a jamais été riche. Il l'a peut-être vue comme quelqu'un qu'il pourrait modeler jusqu'à en faire une femme qui serait le symbole de statut parfait. Qui demande de nouveaux seins à sa femme avant le mariage ? Crétin.

— Win, il ne te mérite pas. Il n'aurait jamais dû te traiter ainsi.

Winnie prend une inspiration profonde et tremblante et annonce :

— Je suis enceinte.

— Oh mon Dieu ! Colin est au courant ?

— Non, répond-elle, posant une main sur son ventre plat et baissant les yeux sur lui. Je l'ai découvert aujourd'hui. Je veux garder le bébé, et j'essaie de décider quoi faire à propos de Colin.

Je ne suis pas surprise d'apprendre qu'elle veut garder le bébé. Elle a trente ans et était impatiente de se marier et d'avoir des enfants.

— Tu dois lui dire.

Elle se mord la lèvre inférieure.

— J'ai peur qu'il essaie d'obtenir la garde. Il peut se permettre d'embaucher les meilleurs avocats.

Je suis en train de songer aux avocats et à l'argent, quand je réalise à quel point c'est étrange, qu'elle soit venue voir Sean au milieu de cette crise. Si elle avait été là pour me voir, elle m'aurait prévenue qu'elle allait me rendre visite. C'est alors qu'une pensée vraiment horrible me frappe. Je me tourne vers elle et demande :

— Tu voulais que Sean pense que l'enfant était le sien ? Tu voulais essayer de te remettre avec lui et lui annoncer que tu étais enceinte un mois plus tard ? Qu'est-ce que tu fais ici ?

Ma voix grimpe en volume à la fin de ma phrase, mais je n'ai pas pu m'en empêcher. Sean a déjà été blessé durant leur relation, et il ne mérite pas qu'on le blesse encore plus.

— Je ne sais pas ! sanglote-t-elle. Plus je pensais à Sean, plus je réalisais à quel point il était meilleur que Colin. C'est un homme meilleur, en tout point. Il ferait un bon père.

— Ce n'est pas juste pour lui ! m'exclamé-je, la fureur bouillonnant en moi.

— J'ai paniqué !

Ses épaules s'affaissent et elle s'écarte, comme si elle craignait que je la menace physiquement.

— S'il te plaît, ne me hurle pas dessus. Je ne sais pas ce que je fais. Je suis déboussolée et en pleine crise hormonale, et je meurs de peur.

Je m'efforce de prendre une voix plus douce.

— Tu ne peux pas piéger Sean pour qu'il devienne le père de ton bébé.

Elle se tourne à nouveau vers moi, les mains crispées sur ses genoux.

— Ça n'a pas d'importance. Je lui ai demandé si on pouvait se remettre ensemble, et il m'a dit non. Il ne veut pas de moi. C'est toi qu'il veut.

Mince. Je n'arrive pas à croire qu'elle a demandé à ce qu'ils se remettent ensemble pendant que j'étais juste au-dessus. Puis je me souviens qu'elle ne savait pas que j'étais avec lui, et mon indignation se dissipe.

Je l'étudie du regard. Elle est tendue et angoissée, et j'ai de la compassion pour elle. Elle a perdu Sean pour un partenaire bien pire. Je sais qu'elle s'est mise dans cette situation toute seule, mais je l'aime, et elle est dans une situation difficile : enceinte, pleine de regrets et alors que ses rêves d'avenir radieux avec Colin viennent de s'effondrer.

— OK, gardons Sean en dehors de ça. Je serai à tes côtés du mieux que je pourrai. Une étape à la fois. Est-ce que ça va aller ?

Elle hoche la tête, et ses yeux s'emplissent de larmes.

— Merci.

Je la prends dans mes bras et, cette fois, elle se laisse faire.

11

———————

Josie

Il n'a pas fallu longtemps avant que Winnie appelle sa belle-mère pour demander à leur rendre visite. Ils habitent près d'ici. Winnie est rentrée à son appartement en métro pour faire sa valise. J'ai envoyé un message à Sean aussitôt pour lui faire savoir que c'était toujours bon pour le dîner, puis je me suis empressée de rentrer. C'est notre dernière soirée ensemble avant que je parte pour une semaine.

Je raconte à Sean la situation avec Winnie pendant qu'on attend sur le canapé que notre taxi arrive. Le restaurant est trop loin pour que je puisse marcher jusque là-bas en talons.

— Tu te fiches de moi ? aboie-t-il. Elle comptait essayer de me piéger pour que j'élève un enfant qui n'est pas le mien ?

— Je ne dis pas que c'est bien. Et elle n'aurait jamais réussi, de toute façon, parce que tu ne veux pas te remettre avec elle.

— Tu pourrais me le reprocher ?

— Non, mais je pense qu'en y réfléchissant, elle a réalisé

son erreur de t'avoir quitté. Tu as déjà fait quelque chose que tu regrettes ?

— Non.

Je lui prends la main et l'étreins.

— Ça arrive.

— Comment peux-tu être aussi clémente ? Elle a tenté de nous mettre tous les deux dehors et de tout foutre en l'air.

— Elle a toujours été gentille avec moi. Je l'aime, et quand on aime quelqu'un, on est indulgent avec lui.

Il garde le silence un instant, puis finit par dire :

— Alors je suppose qu'elle a accepté le fait que nous soyons ensemble ?

— Je ne dirais pas qu'elle l'a totalement accepté, mais elle a de plus gros chats à fouetter, en ce moment.

Il incline la tête et dépose un baiser rapide sur mes lèvres.

— Je suis content que tu te sois chargé d'elle à ma place. Je me serais juste énervé.

— Et à raison. Elle est entre de bonnes mains avec sa belle-mère, et c'est sûrement là-bas qu'elle aurait dû aller dès le départ. Elle n'avait pas les idées claires.

Il referme la main sur ma joue et me regarde dans les yeux.

— Tu es quelqu'un de bien, dit-il.

Je souris et pose ma main par-dessus la sienne.

— Toi aussi.

Il baisse les yeux sur le téléphone dans sa main et annonce :

— Notre taxi est arrivé.

Il me fait signe de passer devant lui et verrouille la porte derrière nous.

Une fois que nous sommes assis sur le siège arrière, il entrelace nos doigts.

— Je me suis comporté comme un crétin avec toi, la première fois qu'on s'est rencontrés, dit-il à voix basse. Je suis désolé pour ça.

— Tu étais stressé. Et je ne dirais pas que tu t'es comporté comme un crétin. Ce n'est pas comme si tu avais été méchant, ou quoi que ce soit. Tu étais plutôt un gros ronchon. C'était assez mignon, comme un gros ours avec des épines de porc-épic sur le derrière.

Il éclate de rire.

— Et moi qui m'imaginais en protecteur coriace et dur à cuire, alors que tu ne me voyais que comme un ours grognon.

— Les grizzlis restent redoutables, si on les contrarie. Je ne t'ai jamais contrarié, je t'ai juste aidé.

— Tu as *essayé* d'aider, corrige-t-il avec un sourire.

— C'est pareil.

— Pas tout à fait, répond-il en secouant la tête. Je ne dis pas que tu n'étais pas bien intentionnée, mais parfois, tu m'as donné plus de travail parce que tu ne savais pas ce que tu faisais.

— Eh bien, personne n'a dit que j'étais une experte en rénovation immobilière.

— Maintenant que j'approche de la fin du projet, je suis plutôt content que tu aies été là. Tu as été la meilleure des distractions.

— Ooooh, le grizzli est un véritable ours en peluche, en réalité. Je le savais depuis le début.

— Eh, arrête avec cette histoire d'ours en peluche. J'ai une réputation à tenir, tu sais.

— Ne t'en fais pas, réponds-je en lui étreignant la main. Je garderai ton amour secret pour les comédies romantiques entre nous.

— C'était une blague.

— Je t'ai observé au lieu de regarder le film, ce soir-là, alors n'essaie même pas de nier. Tu avais une expression de pure délectation sur le visage.

Il étire un coin de sa bouche.

— Tu m'as observé ?

— Oui.

— Pourquoi ?

— Parce que j'observe les gens pour améliorer mes compétences d'actrice. Leur langage corporel, les expressions de leur visage, le ton de leur voix.

— Tu peux admettre la vraie raison, réplique-t-il en me donnant un coup d'épaule. Tu n'es pas obligée de faire comme si tu avais fait ça au service de ton art.

— Et quelle était la vraie raison, d'après toi ? demandé-je en lui souriant.

— Tu craquais pour moi dès le départ, me murmure-t-il à l'oreille d'une voix basse et grondante.

— C'est complètement vrai ! Mais j'ai dit non à cause de Winnie, et parce que je devais partir. Et puis, finalement, je ne suis pas partie, et tu avais l'air d'avoir fini par m'apprécier.

— Parce que tu n'es pas partie.

Il dépose un baiser sur ma tempe et me murmure à l'oreille :

— Je ne voulais pas d'une aventure passagère. Ce n'est pas ce que je cherche.

Une vague de pur bonheur me traverse, me rendant toute légère.

— C'est l'impression que j'avais.

Il porte ma main à ses lèvres et l'embrasse, ses yeux bleus rivés aux miens. Mon cœur accélère alors que quelque chose de profond passe entre nous. L'émotion me serre la gorge et l'air se met à vibrer autour de nous. Je ne peux résister à l'envie de presser mes lèvres sur les siennes, tout en glissant les doigts dans les doux cheveux sur sa nuque.

Quand je m'écarte, il m'adresse un sourire chaleureux. Je n'ai jamais ressenti autant de choses pour qui que ce soit jusqu'alors, et c'est si bouleversant.

— Sean, dis-je, et ma voix se brisant.

Il enfouit son nez dans mon cou et sa voix résonne près de mon oreille :

— J'ai des projets pour toi ce soir.

Une partie de moi a juste envie de se coller contre lui. C'est dingue, ce besoin que je ressens d'être tout le temps proche de lui. Mais il m'emmène dîner, alors je vais devoir me réfréner.

— Je suis impatiente de voir ça.

Nous ne disons plus rien d'important du reste du trajet, mais je me sens différente. Nichée dans un cocon d'amour confortable à chaque sourire qu'il m'adresse, à son ton chaleureux et à sa main posée sur la mienne.

Il sourit et fait un geste vers la fenêtre.

— On est arrivés.

Je regarde dehors.

— C'est un hôtel ? m'étonné-je.

— Oui. Dernier étage, avec une vue sur la ville.

— Waouh, soufflé-je. Ça a l'air incroyable.

Quelques instants plus tard, j'entre dans un grand restaurant dont l'un des murs est couvert de banquettes rembourrées rouge foncé, et d'un ensemble de tables aux nappes blanches. L'endroit est vraiment élégant, avec sa lumière tamisée provenant de ses luminaires encastrés au plafond, ses murs gris couverts de photos encadrées en noir et blanc, et tout un mur recouvert de bouteilles de vin. C'est ce que j'appelle un endroit réservé aux grandes occasions.

Sean va voir l'hôtesse et donne son nom. Nous sommes aussitôt guidés jusqu'à une table intimiste dans un coin de la salle.

Une fois assise avec ma serviette sur mes genoux, je me penche en avant et murmure :

— Cet endroit est si beau !

Il sourit, et je me sens me réchauffer de partout.

— Je voulais t'offrir quelque chose de spécial avant ton départ.

— Je reviens dans une semaine.

— Je sais, mais c'est la première fois qu'on sera séparés depuis que tu as emménagé il y a cinq semaines.

— Tu tiens le compte des semaines durant lesquelles j'ai vécu avec toi ?

— Non. Je tiens le compte de mes progrès au boulot et…

Il lâche un soupir et avoue :

— D'accord, je tiens le compte.

Je réprime un sourire.

— Tu es un vrai romantique, au fond, hein ?

Il émet un son mécontent.

— D'abord, tu me traites d'ours en peluche, et maintenant je suis un romantique. Est-ce que tu peux recommencer à me surnommer l'ouvrier du bâtiment super talentueux au cou musclé, aux larges épaules et aux biceps saillants ?

Je ne peux m'empêcher de lui adresser un sourire rayonnant.

— J'ai bien peur que tu sois tout à la fois. Accepte-le.

— Josie, dit-il d'une voix bourrue.

— Oui ? demandé-je sans cesser de sourire.

— Toi aussi.

Mes yeux s'emplissent de larmes et ma gorge se serre. Nous sommes en train d'entrer en territoire émotionnel.

Il tend la main en travers de la table et je place ma paume dans la sienne, les yeux fixés sur sa grande main rendue rugueuse par le travail manuel, qui enveloppe la mienne d'une poigne chaude et ferme. Je crois que j'aime cet homme. Mon regard croise le sien, et soudain, je sais que c'est le cas.

Je déglutis. Puis-je entretenir une relation avec lui ? Sera-t-il l'homme aimant capable de me soutenir dans ma carrière et d'accepter les séparations inévitables ? Je n'ai que ça à l'esprit, parce que je pars demain passer une audition très importante, pour un gros film produit par mon idole, Claire Jordan. Elle m'a dit qu'il valait mieux trouver un partenaire capable de soutenir ma carrière, de comprendre la difficulté d'un métier qui requiert de voyager autant, pendant de longues périodes de temps. Son mari l'accompagne partout. Je ne peux imaginer Sean faire ça. Il a des racines si profondes ici. Il est le copropriétaire de l'entreprise de construction familiale, qui inclut le développement immobilier. Ce n'est pas le genre de métier qu'on peut faire à distance. Devrais-je lui demander comment il envisage l'avenir avec moi, ou cela risque-t-il de tout gâcher ? Peut-être qu'il réalisera qu'une relation avec moi sera trop compliquée et qu'il y mettra fin. Ce serait la réaction la plus pragmatique, et c'est un homme très pragmatique.

— À quoi est-ce que tu penses, comme ça ? demande-t-il en inclinant la tête.

Le serveur arrive, brisant ce moment en prenant nos commandes de boissons et en nous énumérant les plats du jour. Je retire ma main de celle de Sean, ébranlée par la direction qu'ont prise mes pensées. Je ne peux pas lui lâcher toutes ces réflexions profondes comme ça. C'est trop tôt, et je n'ai pas envie de le faire fuir. Ce doit être pour ça que tant d'acteurs se retrouvent ensemble. Ils comprennent ce que leur carrière exige d'eux. Évidemment, ces relations-là ne fonctionnent pas toujours non plus, à cause des emplois du temps conflictuels et de Dieu sait quoi d'autre. C'est déjà assez dur pour deux personnes de rester ensemble même quand elles ne sont pas séparées si souvent.

— Josie ? Tu es avec moi ?

Je reporte vivement mon attention sur lui.

— Désolée, je pensais à autre chose.

— Tu es nerveuse pour ton bout d'essai ?

Mon bout d'essai est prévu lundi matin, et en temps normal, j'aurais passé tout le week-end à répéter mes répliques de manière obsessionnelle, transformée en boule de nerfs angoissée. Au lieu de ça, je me concentre sur Sean. Même la situation de Winnie s'évanouit de mon esprit. C'est mal, hein ? Je perds déjà ma concentration pour un homme. Un homme merveilleux, mais quand même.

— Je devrais répéter mes répliques encore une fois, dis-je. Dès notre retour.

— Peut-être pas aussitôt après, répond-il d'une voix basse

et rauque. Tu as bien dit que tu ressentais un afflux d'endorphines, après avoir été avec moi. Ça ne pourra que t'aider
pour ta performance. Eh, je devrais peut-être venir avec toi
pour te donner un orgasme pré-audition.

Mes joues deviennent écarlates et je regarde autour de
nous pour vérifier que personne ne l'a entendu. Il n'y a
personne à côté de notre table, cette remarque a donc dû
rester entre nous.

— Tu le ferais ?

Il se renfonce sur sa chaise.

— Je plaisantais. Tu sais que j'ai du travail. Il me reste une
semaine avant les inspections et…

— Je plaisantais aussi. Je ne peux pas dépendre de toi à
chaque fois pour obtenir un coup de pouce pré-audition. Ah
ah ! Ce serait un sacrément bon job, ça. Pourquoi ça n'existe
pas ? Un soutien qui donne des orgasmes pré-audition. Ça
rendrait vraiment tout ça moins stressant.

— Tu vas bien ?

— Oui, bien sûr, très bien.

Le serveur revient et nous verse une petite quantité de
merlot pour qu'on goûte la bouteille qu'on a commandée.
Une fois le vin versé, Sean lève son verre vers le mien.

— À un bout d'essai fantastique. Je sais que tu seras
parfaite.

Je fais tinter mon verre contre le sien et répète :

— À un bout d'essai réussi.

Je bois aussitôt une gorgée, parce que je suis assez superstitieuse pour croire que c'est une nécessité, après avoir
prononcé ce souhait à voix haute.

Je prends une profonde inspiration et lâche :

— Tu sais, si mon bout d'essai est effectivement réussi, ça
voudra dire que je devrais passer six mois à Vancouver.

— On y réfléchira le moment venu. Pour l'instant, profitons juste de l'instant.

Il a l'air si assuré et sûr de lui que je me détends. Il a dit *on* y réfléchira, ce qui veut dire que nous prendrons une décision qui nous conviendra à tous les deux. Je crois. Tous ces trucs relationnels sont nouveaux, pour moi. Je n'ai jamais ressenti ça jusqu'alors, je n'ai jamais été amoureuse. Ce que j'avais avec mon petit ami de fac n'avait rien à voir avec l'intensité de ce que je partage avec Sean.

Je laisse tomber. Je suis douée pour profiter de l'instant, et c'est exactement ce que je vais faire.

— Cet instant, assise dans un restaurant élégant avec quelqu'un de sexy et sublime, avec mon…

J'attends qu'il termine la phrase. Petit ami, dit petit ami. C'est une relation officielle, non ?

— Homme. Le mot que tu cherches est « homme. » Ne dis *pas* ours en peluche.

— Mon ami masculin sexy et sublime.

Il rit.

— Tu étais en train de vérifier si tu pouvais me qualifier de petit ami. Vas-y. Je te considère déjà comme ma petite amie.

Une vague de chaleur m'emplit au point de me faire imploser.

— Je dîne avec mon petit ami sexy et sublime, voilà ce que je fais à l'instant présent, et il n'y a rien de mieux que ça.

Il se penche en avant et murmure :

— Mis à part ce qui arrive ensuite.

Il me fait un clin d'œil et ajoute :

— Toi.

Je me penche à mon tour et réplique :

— Tu vas me faire penser au sexe pendant tout le dîner.

— Bien, répond-il avec un sourire narquois. Mission accomplie.

Le dîner se déroule dans un brouillard étincelant de nourriture délicieuse, de vin succulent et d'homme sexy. En tout cas, c'est ce qui se passe de mon côté de la table. Je me sens détendue et remplie d'affection pour mon homme.

Dès que nous avons quitté le restaurant, je le serre dans mes bras. Il passe un bras autour de moi.

— Que me vaut ce câlin ? demande-t-il d'un ton surpris.

— Je suis heureuse, c'est tout.

Je l'étreins un peu plus fort, avant de le lâcher.

Il me prend la main et me guide jusqu'à l'ascenseur. Dès que les portes sont fermées, il me plaque contre le mur et m'embrasse jusqu'à ce que je sois à bout de souffle.

Puis il rompt le baiser et, les yeux pétillants, m'attire tout contre lui.

— Je nous ai pris une chambre.

— Vraiment ?

Il me tient la mâchoire et je sens un souffle brûlant contre mon oreille à ses paroles.

— Je voulais t'avoir dans un vrai lit au lieu d'un matelas gonflable.

— Mais je dois prendre l'avion demain matin. Je n'ai pas...

Je m'interromps quand sa main descend le long de mon dos, réchauffant ma peau sur son passage, avant d'atterrir sur mes fesses. Mon souffle se coince dans ma gorge.

— Je n'ai pas apporté de sac, terminé-je.

Il m'étreint les fesses et répond :

— On ne va pas dormir ici. Cet endroit n'est réservé qu'à un instant de débauche spécial Josie.

Il est si romantique ! Je lui prends la tête et l'attire vers moi pour un baiser.

— Oui ! Merci.

Il sourit.

— Pendant une minute, j'ai cru que tu n'avais pas envie de me suivre là-dedans.

— Je suis toujours partante pour un peu de débauche. Qu'est-ce que ça veut dire, au juste ?

— Ça veut dire que je vais pouvoir prendre mon temps avec toi. Je vais pouvoir te faire hurler mon nom. Te faire oublier tous les autres hommes avec qui tu as été.

— Tu as déjà accompli cette dernière prouesse.

— Josie, dit-il en pressant son front contre le mien.

Sa voix est tendre, tout comme son baiser. Je tombe amoureuse pour la première fois, et je ne peux pas m'inquiéter pour l'avenir. L'instant présent est superbe. Comme une petite boule de soleil qui m'illumine de l'intérieur. Magnifique.

La porte de l'hôtel se ferme derrière moi et je fais quelques pas à l'intérieur pour étudier le lit king-size recouvert d'une couette blanche duveteuse. Je me tourne vers Sean.

— Ça a l'air conf…

Je m'interromps. Il a une lueur prédatrice dans les yeux alors qu'il déboutonne sa chemise et approche lentement du lit.

La chair de poule me recouvre la peau.

— Sean ?

— Retire ta robe.

Je rougis à ce ton autoritaire, mais je suis tout juste assez mal à l'aise pour hésiter. Il retire sa chemise et la jette sur le dossier d'une chaise, avant de réduire la distance entre nous. Il passe un bras autour de moi et ses doigts remontent le long de mon dos jusqu'à atteindre la fermeture de ma robe.

— Tu as besoin d'aide ? demande-t-il dans mon oreille.

Il n'attend pas ma réponse et se contente de baisser la fermeture, avant de me retirer la robe. Il la jette sur la chaise et m'attire contre lui, avant de coller ses lèvres sur les miennes pour un baiser avide.

Mes membres faiblissent et je fonds contre lui. Je glisse les mains sous son tee-shirt et caresse son dos chaud et musclé. Ses doigts agiles retirent mon soutien-gorge sans tarder et le jettent, puis ses mains me caressent les seins. Je ferme les yeux. Il me fait me sentir si bien, si détendue et languide. Je ne sais pas pourquoi il a cet air si prédateur…

— Ah !

J'atterris soudain sur le lit en rebondissant. Il vient de me jeter dessus.

Il grimpe sur moi avec un sourire.

— J'étais trop impatient, dit-il, avant de baisser ma culotte et de me l'enlever.

Puis il me fait me tourner et retire la couverture sous moi tout en réussissant je ne sais comment à frotter sa joue mal rasée contre mes tétons. Ces derniers se dressent aussitôt.

— Comment se fait-il que je sois la seule à être nue, ici ? demandé-je avec une moue boudeuse.

— Parce que ceci est la soirée de débauche de Josie.

Il m'embrasse et me mordille la lèvre inférieure. Je passe les bras autour de lui, mais ne peux le retenir très longtemps, parce qu'il se met à descendre le long de mon corps tout en me goûtant et en déposant des baisers sur son passage. Il s'attarde sur mes seins, qu'il suce et mordille, me faisant sursauter, avant de descendre de plus en plus bas. Mon estomac se serre d'impatience.

Ses grandes mains m'écartent les jambes et il se déplace, s'installant entre elles et déposant un baiser délicat sur mon sexe. Il passe mes jambes sur ses épaules, m'ouvrant plus largement encore. Son regard croise le mien, à la fois tendre et possessif, et tout en moi se tend vers lui. J'ai envie d'être à lui. J'ai envie de son tendre amour. Dans ma tête, il ne fait aucun doute que c'est ce qu'il m'offre.

— Sean, murmuré-je avec toute l'affection chaleureuse qui afflue en moi à cet instant.

— Josie, répond-il d'un ton tout aussi chaleureux.

Il penche la tête et commence à me laper.

Ma tête retombe sur l'oreiller et un son s'échappe de ma bouche, mi-gémissement, mi-hoquet. Puis j'arque les hanches à l'intensité de cette sensation. Sa bouche est incroyable.

Coquine. Dévorante. Je pourrais chanter ses louanges en un éloge infini du haut de la plus haute montagne. Puis il glisse un doigt en moi, et un autre. J'agrippe les draps alors que mon monde vacille dans un tourbillon de plaisir, et mes parois internes se réchauffent et se crispent.

— Oh mon Dieu, hoqueté-je. Ne t'arrête pas.

À ces mots, il redouble d'intensité, et je me mets à haleter, incapable de prononcer un mot, les hanches se balançant de leur propre chef pour chevaucher ses doigts et sa bouche sans vergogne. La pièce s'assombrit et tout se réduit à ce point intense vers lequel il me pousse de manière acharnée. Oh, Seigneur, je suis si près.

Puis l'orgasme me frappe en une décharge de plaisir, et tout mon corps s'arque du matelas alors que je pousse un cri de pure exultation. Un élan de plaisir me fait me balancer entre et encore. Ses gestes se font plus délicats alors qu'il me laisse profiter des secousses de plaisir qui ne semblent jamais vouloir se terminer. Pour finir, il s'écarte, me laissant amollie et alanguie.

Je prends sa tête en coupe dans ma main et passe mes doigts dans ses cheveux soyeux.

— Sean, mon homme merveilleux, baise-moi.

Il enfouit son nez contre l'intérieur de ma cuisse, avant de relever la tête.

— J'ai tellement envie de toi.

Je lève les bras vers lui, avant de les laisser retomber faiblement sur le matelas quand il descend du lit pour se déshabiller rapidement. Il avait un préservatif dans la poche, et il l'enfile sans perdre une seconde.

Puis il est sur moi, et s'enfonce lentement en moi, le visage au-dessus du mien et ses yeux bleus emplis d'une intensité qui me coupe le souffle. Il remue lentement, délibérément, et chaque coup de reins apporte une autre vague de sensation. Il glisse une main sous ma hanche et me surélève pour son prochain profond coup de reins. J'arque la tête en arrière à la sensation intense que j'éprouve quand il me remplit en entier.

— C'est si bon, dit-il d'une voix rauque alors que sa main se referme sur ma mâchoire.

— Pour moi aussi, réponds-je dans un hoquet alors qu'il s'enfonce à nouveau.

Nos regards se rivent l'un à l'autre alors que nous partageons un souffle, puis un autre, pendant qu'il va et vient contre moi, de plus en plus haut. Le temps s'arrête et il n'y a plus rien d'autre que cette connexion intense, notre passion, notre amour.

J'explose avec un cri aigu, l'orgasme me prenant par surprise et s'éternisant alors qu'il me pilonne vite et fort. Soudain, il arque la tête en arrière, les muscles de son cou tendus, et lâche prise avec un grognement guttural, avant de s'effondrer sur moi.

Mon doux Sean. Je l'étreins et il fourre son nez dans mon cou, tout en murmurant ce qui ressemble à un compliment.

Je n'arrive pas à distinguer ses mots, mais ça n'a pas d'importance. Au fond de moi, je sais. Il tient à moi aussi profondément que je tiens à lui. Et je crois qu'il m'aime aussi. Des larmes me picotent les yeux aux sentiments bouleversants qui affluent en moi. Je peux enfin connaître ces émotions, avec l'homme le plus merveilleux du monde. Je voudrais que ce sentiment ne disparaisse jamais.

Mais comment m'y raccrocher, alors que nos chemins divergent tant ?

∾

Sean

• • •

JE FERME LES YEUX, euphorique et détendu. J'entends un reniflement et quand je lève les yeux, je vois Josie essuyer ses larmes. Je me hisse sur un coude, alarmé.

— Pourquoi pleures-tu ?

— Je suis heureuse, c'est tout.

Je fronce les sourcils. Elle n'a jamais pleuré après le sexe.

— Qu'est-ce qui se passe ? Est-ce que Winnie t'a dit quelque chose à mon sujet ?

— Rien de mauvais. Ne t'en fais pas. C'est juste que je me sentais si heureuse que tout a débordé, en quelque sorte, sous la forme de larmes de joie.

Elle descend du lit tout en continuant :

— C'était incroyable. Mais nous devons rentrer. Je dois répéter mes répliques.

Je la regarde s'habiller en vitesse en ayant toujours la sensation que quelque chose ne va pas.

— Allez, insiste-t-elle en me prenant la main et en essayant de me tirer du lit.

Je l'aide en roulant hors du lit tout seul.

— Tu es sûre que tu vas bien ?

— Oui !

Je ne suis pas convaincu, mais je laisse tomber. Il se passe beaucoup de choses, pour elle, en ce moment, avec tout ce qui repose sur cette audition. Sans parler de la façon dont Winnie a fait irruption juste avant que j'emmène Josie à dîner, et qu'on couche ensemble dans une chambre d'hôtel. Ça fait beaucoup pour une seule soirée.

— Merci pour l'impulsion d'endorphine, lance-t-elle dès que nous sommes rentrés.

Puis elle m'embrasse et grimpe les marches en courant vers sa chambre au quatrième étage.

Je m'installe sur le canapé pour l'attendre. Notre temps ici est compté. Je n'ai pas envie d'arrêter de vivre avec elle. Je vais me lancer. Je me fiche que ce soit rapide. Quand elle reviendra de son voyage, je vais l'emmener visiter mon nouvel appartement et je l'inviterai à emménager avec moi. Je réfléchis à ce que je lui dirai. Je veux qu'elle sache que nous avons un avenir ensemble. Nous nous entendons si bien, et nous vivons déjà ensemble.

Je me passe une main sur le visage. Je tourne autour du pot. La vérité, c'est que je suis tombé amoureux d'elle. J'ai fait tout ce qui était en mon pouvoir pour lui résister, mais c'était une mission impossible, et dès que j'ai arrêté de résister à la tentation, il m'a été facile de l'aimer. Elle est incroyable. Belle à l'intérieur comme à l'extérieur.

Il se fait tard, alors je monte voir si elle a fini de répéter. Elle s'est endormie sur le sol, les pages de son script sous la joue. Ma Josie, l'actrice très talentueuse. Je veux qu'elle réussisse à percer, et en même temps, je n'en ai pas envie. Je veux qu'elle soit heureuse ici, avec moi.

Je la soulève et l'emporte à l'étage du dessous, dans mon lit, avant de la déposer prudemment. Elle lève la tête, murmure « bonne nuit » et se rendort immédiatement.

Je m'installe derrière elle et me blottis contre elle en cuillère, lui caressant les cheveux. Soudain, je n'ai pas envie qu'elle s'en aille. Ce n'est que pour une semaine, mais j'ai l'impression que ça va sembler bien plus. Et si elle ne revenait pas ? Et si elle dormait sur le canapé d'un ami, là-bas, et passait un tas d'autres auditions là-bas plutôt que de revenir ici ? Je resserre le bras autour de sa taille. Maintenant que je l'ai enfin laissée se rapprocher, j'ai du mal à la laisser s'éloigner. C'est comme si elle me quittait pour de bon. Mais ce n'est qu'un voyage professionnel. Elle va revenir.

Il y a de fortes chances pour qu'elle revienne.

12

———

Sean

J'ai réussi. Nous sommes samedi soir, et j'ai terminé la réno-vation il y a une heure. L'inspecteur sera là lundi matin. Je suis épuisé et ce n'est pas à cause du travail. C'est parce que Josie n'est pas encore rentrée, et que j'ai du mal à dormir sans elle. J'ai même essayé de me blottir contre son oreiller, mais c'est peine perdue. Je n'arrive pas à croire que je me suis habitué à elle au point de ne pouvoir dormir sans elle. Je finis par m'endormir, mais pas avant trois heures du matin, au moins. L'insomnie, ça craint.

Au moins, elle est absente pour une bonne raison. Josie s'en est tellement bien sortie lors de son bout d'essai qu'on lui a demandé de rester un peu plus longtemps. Il y a une audi-tion de rappel lundi, avec une petite liste de cinq candidats, pour le rôle principal. Les chances restent faibles, et je me sens coupable d'en être soulagé. Je sais que c'est mal. Quand on aime quelqu'un, on doit lâcher prise quand il a besoin de liberté. Sauf que c'est déprimant. Et si elle obtenait le rôle ? Elle passera six mois à des milliers de kilomètres d'ici, à

Vancouver. Et ce n'est pas un vol rapide, en plus. Nous devrions couper les ponts avant ça. Ce serait trop douloureux de faire traîner les choses. Les relations à longue distance, ça ne marche jamais. Elle va rencontrer un idiot sexy sur le tournage et oublier l'ouvrier du bâtiment qu'elle a connu un jour à Brooklyn.

Mon téléphone vibre et je le sors de ma poche. C'est mon petit frère, Jack. *Eh, j'ai besoin d'un équipier pour ce soir. Sam est trop tenu en laisse par sa femme pour sortir.*

Le meilleur ami de Jack, Sam, s'est fiancé récemment, et a plus ou moins laissé tomber tous ses amis en faveur de sa fiancée. C'est vraiment nul.

Je lui réponds : *Bien sûr. Où ?*

Au Tazi.

J'arrive. C'est un bar de Williamsburg, un quartier animé, où on sert la bière dans des calices énormes.

Cool. On se retrouve là-bas.

Jack vit à Williamsburg, il en sera donc sûrement à sa deuxième bière d'ici à ce que j'arrive.

Le trajet en métro prend environ une demi-heure.

Quand j'arrive, l'endroit est bondé. Le bar a un côté tripot, dans le sens positif : murs de briques exposées, un plafond couleur cuivre et un long bar enveloppant en briques peintes en noir et aux tabourets en vinyle noir et rouge. Il y a une table de billard au fond, et j'espère qu'on pourra faire une partie. Une chanson de Judas Priest sort du juke-box, et il y a une foule bruyante sur la terrasse. J'envoie un SMS à Jack pour lui dire que je suis là.

Jack : *Au bar.*

Je le repère au coin du bar, et il me fait signe d'approcher. Il est occupé à flirter avec deux jolies brunes. Ah, zut. Un coup monté ? C'est tout à fait le genre de Jack. Il aurait pu me le dire. Je croyais qu'il avait juste besoin d'un acolyte pendant qu'il écumait le bar.

Ses cheveux brun foncé sont coiffés sur le côté avec soin,

un peu long sur le dessus et avec un côté ébouriffé qui a sans aucun doute nécessité quelques produits spéciaux. Sa barbe est elle aussi taillée avec soin, et il porte une tenue décontractée : tee-shirt blanc au col en V et jean délavé. Il sourit à mon arrivée et me donne une tape dans le dos, avant de se tourner vers les filles.

— Voici mon frère, Sean. Sean, voici Sherry et… désolé, j'ai oublié ton prénom.

— Jane, répond-elle sèchement.

Le piercing argenté sur sa langue reflète la lumière quand elle ouvre la bouche. Je n'aime pas les piercings.

— Tu sais, c'est un nom si difficile à retenir, ajoute-t-elle.

— Fais connaissance avec Jane, me dit Jack, avant de se tourner vers Sherry.

Jane émet un son mécontent, Sherry pouffe de rire et je serre les dents. Je donne une tape sur l'épaule de Jack et étudie les deux femmes.

— C'était un plaisir de vous rencontrer, toutes les deux, dis-je. Jack et moi allons aller jouer au billard. Passez une bonne soirée.

J'incline la tête pour lui indiquer de me suivre, sans prendre la peine d'attendre. Une partie est déjà en cours à la table de billard, alors je m'adosse contre le mur et l'observe. Jack apparaît à côté de moi quelques minutes plus tard, un calice de bière dans chaque main. Les femmes sont déjà parties flirter avec deux types plus loin dans le bar. Les écumeurs de bar du samedi soir. Ça ne me manque pas du tout.

— J'avais oublié que tu avais encore les ailes brûlées après tu sais qui, me dit Jack en me tendant une bière.

Il boit une longue gorgée de la sienne, s'étant déjà remis de la relation qu'il avait commencé à créer avec Sherry au bar.

— Tu devrais vraiment te remettre en selle.

J'envisage de lui dire que Josie et moi sortons ensemble. Il est connu pour ses blagues, alors je suis prudent avec les munitions que je lui donne.

— Je n'aime pas qu'on me prenne au piège.

Il me lance un regard en coin et remarque :

— Tu travailles jour et nuit. Pas de femme depuis presque un an, maintenant. Pas étonnant que tu sois grincheux.

— Je ne suis pas grincheux, répliqué-je.

— C'est ça.

— Si je suis grincheux en ce moment, c'est parce que tu m'as piégé.

— C'est faux. Ces filles ont commencé à discuter avec moi et je n'ai fait que t'inclure dans la conversation. Je ne t'ai pas demandé de venir pour ça.

Il boit une gorgée de bière et se tourne à nouveau vers le bar. Sherry lui souffle un baiser par-dessus l'épaule d'un autre type. Il lui fait un clin d'œil et reporte son attention sur moi.

— C'est déjà oublié.

— Une de perdue, dix de retrouvées, reniflé-je.

— Toujours.

La partie se termine et je suis sur le point de demander si nous pouvons nous joindre à la prochaine quand les trois types s'éloignent. Jack et moi récupérons nos queues sur le support contre le mur.

— Rendons ça intéressant, dit-il en sortant une pièce de sa poche. Si tu gagnes, je te donne cette pièce de la Rome antique qui vaut cinq fois plus cher. Si je gagne, tu me donnes cinq cents dollars en liquide. Qu'est-ce que tu en dis ?

— Oui, c'est ça. Est-ce que ta pièce de la Rome antique peut asperger de l'eau, aussi ?

— Non.

— Elle provoque une décharge électrique ? Fait dégouliner de l'encre partout ?

Il la fait tourner entre ses doigts, la faisant apparaître et disparaître.

— Je t'ai déjà induit en erreur ?

— Tu me prends pour un idiot ?

— Bon sang. Une blague, et vous êtes considéré comme peu digne de confiance toute votre vie.

— Plus d'une. Excuse-moi de me montrer suspicieux à l'idée que tu te balades avec une pièce romaine valant cinq mille dollars dans ta poche.

Il la jette en l'air et rétorque :

— Tant pis pour toi. Elle vient du désert d'Italie.

Je pose les boules sur la table et tire le premier coup.

— De quoi est-ce que tu parles ?

— Le Bellagio, à moins que ce soit le Palazzo ? C'était un nom italien.

— Vegas ?

— Où d'autre ? répond-il en se préparant à tirer à son tour.

Je ris et secoue la tête.

— Eh, je viens de me souvenir que tu avais une colocataire féminine, dit-il en se redressant. C'est pour elle que tu n'as pas envie de flirter au bar ?

Il m'étudie un instant, avant de reprendre :

— Mais tu as toujours l'air assez grincheux. Je parie que tu n'as pas conclu l'affaire.

— Je suis grincheux parce que je dors mal, c'est tout.

— Parce que tu te retournes dans tous les sens et que tu regrettes de ne pas être avec elle ? Je te le dis tout de suite : ne jamais coucher avec la colocataire. Dès que ça prendra fin, tu vivras un enfer. Soudain, elle sera partout, dans ta cuisine, dans le salon, partout chez toi. Très mauvaise idée. C'est arrivé à un pote à moi.

Je secoue la tête, bois une gorgée de bière et me prépare à tirer mon prochain coup.

— C'est une colocataire temporaire, de toute façon.

Et j'ai envie qu'elle le soit de manière permanente. Je garde ça pour moi, parce que je commence à réaliser qu'il n'est pas du tout sûr que j'ai un avenir avec Josie.

— Alors tu as bien couché avec elle. Pourquoi es-tu aussi grincheux, dans ce cas ?

C'est encore mon tour, alors je me prépare à tirer.

— Tu parles trop, remarqué-je.

— Envoie-lui un message pour lui proposer de nous rejoindre. Je veux la rencontrer.

Je pousse un brusque soupir.

— Elle est à LA et passe une audition de rappel pour un gros film.

— Cool.

— Je le suppose.

— Tu le supposes ?

Je rate la balle que je visais d'un kilomètre.

— Si elle a le rôle, elle devra partir pendant six mois.

— Et ?

Je ne prends pas la peine de répondre et me concentre sur ma bière. Je sais que c'est mal de vouloir qu'elle reste, mais je ne peux pas m'en empêcher. Pourquoi me suis-je autorisé à me rapprocher à ce point ? Je savais que ça allait finir comme ça. Ma place est ici. La sienne est autour du monde – à LA, Vancouver, ou dans je ne sais quel autre lieu de tournage. Qu'est-ce que je fous avec quelqu'un comme elle ? Je savais bien que c'était une mauvaise idée, mais je n'ai pas pu me retenir. Je me frotte la tempe, sentant une migraine commencer à pointer.

Jake tire son coup suivant et se tourne vers moi pour me lancer un regard entendu.

— Tu es tombé amoureux d'elle, c'est ça ? Je dois te féliciter d'avoir réussi à remonter en selle. Bien sûr, je ne me serais pas tourné vers la cousine de mon ex, qui se trouve aussi être ma colocataire et une future star de cinéma, à ta place, mais tu n'as jamais été très malin, s'agissant des femmes.

— Qu'est-ce que c'est censé vouloir dire ? me hérissé-je.

Il incline la tête sur le côté et répond :

— Ça veut dire que tu tombes fol amoureux, et que la femme n'est pas toujours dans ta catégorie.

— Conneries.

— Frérot, Winnie était snob et arrogante, elle te qualifiait tout le temps de gentleman et t'a emmené faire du shopping pour t'acheter une nouvelle garde-robe. Bon sang, elle t'a fait croire que tu avais ta place dans ce quartier chic. Ce n'est pas le cas. Elle faisait ça pour l'argent. Et elle t'a aussi quitté pour l'argent. Une actrice sur le point de jouer dans un gros film, c'est aussi en dehors de ta catégorie. Tu cherches toujours à atteindre plus que ce que tu es, et tu ne seras jamais satisfait tant que tu continueras à faire ça. Je dis ça comme ça.

— Va te faire foutre. Je ne suis pas restreint par ma situation.

— Regarde autour de toi, répond-il en secouant la tête. C'est le genre d'endroit où est notre place. Pas dans des galeries d'art chics, dans un quartier luxueux ou au milieu des stars d'Hollywood.

Il tire son coup suivant, et rate. Une sensation victorieuse m'étreint. Jack a tort de croire que notre place ne peut être qu'ici.

Je m'approche de lui et baisse la voix pour demander :

— Tu as oublié qu'on était membres de la royauté ? Nous pourrions diriger un royaume, si nous le voulions.

Il s'esclaffe.

— Soyons sérieux. Nous sommes la racaille de la famille. Je me moque que papa soit heureux de pouvoir rendre visite à son royaume, maintenant, en tant que grand père honoraire. Ce n'est pas nous.

Je réfléchis à mon prochain coup, et tire.

— Je suis ambitieux, et je ne vais pas m'excuser pour ça, mais ça ne s'étend pas aux relations amoureuses. Je ne suis pas un arriviste.

— Alors c'est une relation amoureuse, hein ? demande-t-il en arquant un sourcil.

— Oui, réponds-je en crispant la mâchoire.

Même si je commence à en douter sérieusement. J'ai été incapable de lui résister. J'ai essayé. Jack a-t-il raison de dire que je ne suis pas malin concernant les femmes ? Est-ce pour cette raison que ça ne fonctionne jamais ?

— Tu es ce qu'on appelle un monogame en série, dit-il en pointant le doigt vers moi.

— Et alors ?

Il secoue la tête.

— Alors, c'est dur, de vivre comme ça. Tu tombes amoureux, tout s'effondre, tu tombes amoureux, tout s'effondre.

Je prépare mon prochain tir, déterminé à remporter cette partie. Jack m'agace au plus haut point, surtout parce que je commence à me dire qu'il a raison. Je tombe amoureux et tout s'effondre, encore et encore.

— Et toi, tu fais quoi ? demandé-je en me redressant. Tu as une aventure, tu t'en vas, tu as une aventure, tu t'en vas.

Il boit une longue gorgée de bière.

— Je ne tombe jamais amoureux. Il n'y a que de l'amusement.

— C'est peut-être toi qui rates quelque chose, rétorqué-je. Regarde Dylan avec Ariana. Tu l'as déjà vu aussi heureux ?

— Eh, baisse un peu d'un ton, lance-t-il en levant une main. Je n'essaie pas de t'énerver.

Je tire mon prochain coup. Au moins, je m'en sors bien au billard.

— Je suis juste fatigué. Je n'ai fait que travailler sans jamais me détendre, cette semaine.

— Je vais te laisser gagner au billard.

— Ah ! Tu ne me laisses jamais gagner. Je suis plus doué que toi, c'est tout.

Il émet un petit rire.

Je finis effectivement par gagner, et Jack me lance sa pièce de Vegas. Je la rattrape et la plie entre mes doigts. Elle est en caoutchouc.

Il éclate de rire.

— Tu as une force surhumaine, mec, tu l'as cassée. Je ne voudrais vraiment pas que ça m'arrive.

C'est alors que je réalise que si elle est si douce, c'est parce que c'est un préservatif dans un emballage de pièce. Je lui donne un coup sur la tête avec.

— Ça vient vraiment de Vegas, assure-t-il en riant.

Josie

Je suis à LA depuis une semaine et demie, maintenant, et c'est à la fois génial et angoissant. C'est génial parce que la directrice de casting m'a demandé de rester pour une audition de rappel, et angoissant parce que Sean me manque tellement plus que je m'y attendais. Nous sommes restés en contact par SMS et quelques brefs appels téléphoniques, étant donné qu'il est très occupé par son travail. Par chance, il a terminé la rénovation à temps, et les inspections se sont bien passées. Apparemment, il pourra déménager ce vendredi. Je ne sais pas trop où je vais me retrouver. Je n'ai pas envie de supposer qu'il a envie que je vive avec lui dans son nouvel appartement. Winnie est encore chez son père et sa belle-mère. On dirait bien que je vais devoir rendre visite à mes parents avant de me préparer de nouveau à travailler comme serveuse et à passer des auditions.

Peut-être que je n'aurais pas besoin d'en arriver là. Je suis censée avoir des nouvelles de mon agent aujourd'hui, si j'ai eu le rôle. J'ai eu le sentiment de m'être bien débrouillée durant mon audition de rappel. J'ai rencontré le réalisateur, j'ai pleuré sur commande (deux fois) et j'ai changé ma façon de jouer la scène selon ses directives. Nous sommes cinq à être en compétition pour le rôle. Je n'ai pas rencontré les autres et, vu que ce sont des actrices inconnues, je ne sais pas à quoi ressemblent mes concurrentes.

En ce mercredi matin ensoleillé, je suis en chemin vers l'aéroport dans une voiture fournie par le studio. Je rentre à la maison. C'est drôle, mais je considère Brooklyn comme ma maison, maintenant. Ou c'est peut-être Sean, que je vois comme chez moi. J'ai toujours beaucoup bougé, et je n'ai jamais vraiment eu la sensation d'avoir un chez-moi, jusqu'a-lors. Il n'est que six heures du matin, trop tôt pour avoir des nouvelles, mais je vérifie quand même mon téléphone. Rien. J'ai vraiment, vraiment envie de ce rôle. Sophie est tout ce que je recherche dans un rôle : c'est une femme forte et coura-geuse, qui vit sa propre aventure pour sauver le monde. C'est si rare, de trouver ce genre de script, et la complexité de son personnage sera une manière idéale de mettre en valeur ma panoplie d'actrice. C'est un tremplin vers d'autres rôles. Je suis sûre que le film sera un succès commercial. Il possède déjà une énorme *fanbase* grâce au livre. Argh ! C'est si dur d'attendre !

Je regarde un film pendant le vol de retour, avant de me contenter d'écouter de la musique. J'ai éteint mon téléphone pour le vol, et j'espère que quand nous atterrirons, je l'allu-merai pour découvrir la nouvelle que je meurs d'envie d'entendre.

Nous atterrissons et j'allume mon téléphone, les doigts tremblants et le cœur au bord des lèvres.

Pas de nouvelles.

Je me remémore que même si je suis pressée de découvrir ce qu'il en est, cela ne veut pas dire que le studio est dans le même état d'esprit. Pas de nouvelle, bonne nouvelle. Ils sont encore en train de réfléchir. Le choix est peut-être très difficile entre moi et une autre actrice, et ils débattent entre nous deux.

Toujours aucune nouvelle alors que je prends le train, puis le métro. Il est dix-sept heures, heures de New York, ce qui signifie qu'il n'est que quatorze heures à LA. Je me répète que j'aurais des nouvelles d'ici la fin de la journée, heure de LA. Je ne suis plus stressée. Je ne peux pas rester agitée pendant aussi longtemps. Je suis impatiente de voir le vieil immeuble de ma grand-mère, maintenant que Sean a terminé les rénovations. Nous n'avons que ce soir pour en profiter dans son état final avant de devoir déménager demain soir.

Je sors sur le trottoir et me retrouve sous un soleil chaud et printanier. Nous sommes fin mai, les oiseaux chantent, les jonquilles sont en fleur et les gens que je dépasse dans les rues ont l'air un peu plus gais. Mon téléphone vibre et je le sors de la poche arrière de mon jean. C'est mon agent, Jade.

Une vague d'adrénaline me submerge. Je décroche d'un doigt tremblant et accepte l'appel.

— Salut, Jade.

Je suis figée au milieu du trottoir, attendant le verdict.

— Josie, c'est passé tout près. Ils ont vraiment beaucoup aimé ce que tu as proposé, mais ils voulaient quelqu'un d'un peu plus exotique, qui passerait mieux à l'internationale.

— Ce sont mes cheveux ? Je peux les teindre.

— Ils ont choisi une actrice vénézuélienne. Ils ont aimé la cadence de son anglais.

— Je sais faire des accents. Tu le leur as dit ? Je peux travailler avec un coach de dialecte.

— Pas cette fois. Garde la tête haute. Tu es tout près. Et souviens-toi que même si tu n'as pas eu le rôle, tu as quand même gagné quelque chose. Tu as rencontré la directrice de casting d'une compagnie de production très respectée, et tu as auditionné devant elle. Elle va se souvenir de toi, et te recommandera peut-être pour un autre projet plus tard.

Je cligne des yeux pour balayer mes larmes, la gorge serrée. Je sais qu'elle a raison, bien sûr. Je suis juste fatiguée de passer tout près, sans jamais transformer l'essai.

— J'ai l'impression que je n'y arriverai jamais, murmuré-je.

— Tu vas y arriver. Est-ce que je continuerais de t'envoyer

passer des auditions, si je ne croyais pas en toi ? Oh que non ! Je te laisserai tomber comme une vieille chaussette. Je ne garde que les clients dont je suis persuadée qu'ils vont quelque part. Ce n'est qu'une question de trouver le bon projet au bon moment. Tu as ce qu'il faut. Continue de faire ce que tu sais faire. Je vais faire la même chose, et un jour, nous porterons un toast à ton succès. N'oublie pas de me remercier à la cérémonie des Oscar.

— Oui, réponds-je, une larme coulant sur ma joue.

— On reste en contact.

— Merci, Jade.

— Pas de problème. On se reparle bientôt.

Elle raccroche, et j'éprouve une envie soudaine de jeter mon téléphone. Je me retiens et reprends ma route sur le trottoir. Sean ne sera pas encore rentré. Il m'a dit qu'il serait là vers dix-huit heures. J'en suis soulagée, parce que je vais pouvoir pleurer un bon coup en privé.

Et c'est ce que je fais.

Puis je me blottis sur le canapé et je regarde *New York-Miami*. Sean me l'a offert avant mon départ pour que je puisse profiter de mon film préféré pendant que je serai en voyage. Je lui suis si reconnaissante. Ce film me fait toujours sourire.

Sean rentre au milieu du film et s'avance vers moi, un grand sourire sur le visage.

— Tu es de retour !

Je mets le film sur pause et me lève.

— Je suis de retour.

Je suis contente de le voir, mais je n'arrive pas à sourire tant je suis d'humeur maussade.

Il m'attire à lui pour me serrer dans ses bras et dépose un baiser sur ma tête.

— Tu m'as manquée.

Je lui rends son étreinte, et une boule se forme à nouveau dans ma gorge.

— Tu m'as manqué aussi.

Il desserre son étreinte et prend ma mâchoire entre ses doigts.

— Qu'est-ce qui ne va pas ?

— Je n'ai pas eu le rôle, dis-je, les yeux s'emplissant de larmes et la gorge serrée. Mon agent m'a dit qu'ils voulaient quelqu'un de plus exotique. Ils ont choisi une actrice vénézuélienne parce qu'ils aimaient la cadence de son anglais.

— Je suis désolé, dit-il en me caressant les cheveux. Je sais que tu voulais vraiment ce rôle.

Je me libère de son étreinte et essuie une larme du doigt.

— J'ai l'impression que ça ne marchera jamais pour moi. Est-ce que je perds mon temps ? Je continue mes cours, je passe des auditions tout le temps, et tout ce que j'y ai gagné, c'est un rôle dans une pub et dans une série de vidéos éducatives dont tout le monde se fiche.

— C'est une carrière difficile.

— Je sais, réponds-je en me mettant à faire les cent pas. Je savais dans quoi je m'engageais, mais combien de fois est-ce que je vais passer tout près, pour finalement être écartée ? J'adore toujours la comédie, mais personne ne me laisse ma chance.

— Tu pourrais créer ton propre projet dans lequel jouer.

— J'ai déjà fait ça, réponds-je en levant les mains au ciel. J'ai aussi tourné dans des tonnes de films d'étudiants. Ce n'est pas pareil. Je veux jouer dans quelque chose que les gens verront.

— Qu'est-ce que je peux faire pour t'aider ? demande-t-il en s'asseyant sur le canapé. Est-ce que c'est une situation à s'apitoyer sur son sort avec de la glace ? Tu veux sortir pour le dîner ?

Je me laisse tomber à côté de lui.

— Je suis trop malheureuse pour avoir faim.

— Tu devrais peut-être rester au niveau local, suggère-t-il en passant un bras autour de mes épaules. Auditionner pour des trucs tournés ici, à New York. Il y a un tas de tournages de cinéma, ici, et aussi quelques tournages de série télé.

Il a l'air enthousiasmé par ce projet, ce qui me fait me sentir pire encore.

— J'ai l'impression que tu ne comprends pas à quel point je suis bouleversée, remarqué-je en me tortillant les mains.

— Je comprends. J'essaie de te réconforter. Tu as choisi une carrière difficile. J'aimerais que tu puisses te reposer sur moi, que tu me laisses te servir de pilier.

Il prend mon visage en coupe et me fait me tourner vers lui.

— EMMÉNAGE AVEC MOI, dans mon nouvel appartement. Je prendrai soin de toi et tu n'auras jamais plus à t'inquiéter de savoir où tu vivras.

Mon sang se glace dans mes veines.

— Prendre soin de moi ? répété-je.

— Oui. Je serai celui qui rapporte l'argent et tu auras un foyer, tu pourras enfin t'enraciner quelque part. Tu as toujours dit que tu n'avais jamais eu de vrai chez toi. Je vais t'en offrir un.

Je repousse sa main et recule sur le canapé.

— J'ai l'impression que tu ne crois pas que j'arriverais jamais à être indépendante financièrement

Il ouvre la bouche, avant de la refermer.

— Quoi ? articulé-je entre mes dents.

— OK, mais fais ça tout en restant avec moi ? Ici, à Brooklyn.

Je prends une inspiration lente et profonde. J'ai un très, très mauvais pressentiment s'agissant du point de vue de Sean sur ma carrière.

— Je vais continuer à passer des auditions. Je percerai peut-être à ma prochaine audition, et je me retrouverai peut-être loin d'ici pour le tournage. Est-ce que ça te conviendrait ?

Est-ce que tu serais prêt à voyager avec moi, ou à me rendre visite régulièrement ?

— J'ai des racines profondes ici, avec mon travail, mais je suis sûr que je pourrais me libérer le temps d'une visite. Mais de manière très réaliste…

— De manière très réaliste ? répété-je d'une voix aiguë et flûtée.

Je me force à prendre un ton plus égal et demande :

— Est-ce que je vis dans un monde irréaliste, en pensant pouvoir faire carrière en tant qu'actrice ?

— Tout ce que je dis, se défend-il en levant une main, c'est que je ne veux pas que tu t'en fasses. J'ai un bon boulot, alors je peux prendre soin de toi.

Quelque chose, dans le ton de sa voix, me dérange. Ce qu'il m'offre n'a rien de flatteur. C'est insultant.

— Comment vois-tu notre avenir ?

— Je t'offrirai un socle sur lequel bâtir ta vie, comme je te l'ai dit. Je continuerai de faire évoluer Rourke Management. Nous nous trouverons un logement sympa ensemble, dans un bon quartier. On prendra peut-être un chien. Je te présenterai à ma famille. On construira notre vie ici, et tu n'auras jamais à t'inquiéter de savoir où tu atterriras la prochaine fois, ou si tu peux te permettre un pot de glace, ou je ne sais quoi d'autre. Tu n'auras plus à t'inquiéter de rien, avec moi.

Je ne peux m'empêcher de remarquer qu'il n'a pas une fois mentionné ma carrière. Il part du principe que, sans lui, ma vie sera toujours comme en ce moment : celle d'une actrice en galère forcée de vivre de manière frugale et de squatter le canapé des gens. Il ne croit pas en moi. Une colère froide et silencieuse s'empare de moi. Le sage conseil de Claire Jordan tourne en boucle dans ma tête : *Assure-toi que ton partenaire te soutienne dans ta carrière.*

Je me lève.

— Je ne veux pas que tu prennes soin de moi. Je suis au plus bas, en ce moment, et je ne peux que remonter. Et j'y parviendrai grâce à mon courage et ma persévérance. Pas en dépendant d'un homme pour prendre soin de moi.

Il laisse échapper un soupir.

— Josie, je ne suis pas sexiste. Je t'aime.

J'écarquille les yeux. C'est la première fois qu'il prononce ces mots. Mais son amour est soumis à une énorme condition – je dois être sa petite compagne soumise et cloîtrée bien au chaud – et je ne peux pas l'accepter.

— Non.

— Non, je ne t'aime pas ?

Je déglutis et réponds :

— Quand on aime quelqu'un, on le soutient dans ce qui lui tient le plus à cœur.

— Je te soutiens. C'est justement ce que je suis en train de t'expliquer.

— Comme le mari de Claire Jordan, qui voyageait avec elle quand ils sortaient juste ensemble et qui travaille pour elle, maintenant, tenté-je d'expliquer. Ils ne sont jamais séparés à cause de son travail, parce qu'il la suit à cent pour cent.

Il secoue la tête.

— Tu n'as même pas de boulot. De quoi est-ce que tu parles ? Tu veux que je voyage avec toi pour un boulot qui n'existe même pas ? Je devrais quitter mon travail parce que tu auras *peut-être* un job dans un an ? Ou cinq ?

Je me détourne, à la fois blessée et en colère. Je commence sérieusement à douter de Sean, et je ne sais pas si c'est à cause de ce qu'il dit ou si je suis juste ébranlée par cette audition ratée. J'ai vraiment l'impression qu'il ne croit pas en moi, comme s'il était persuadé que je vais passer ma vie à patiner de manière désespérée, et qu'il doit me sauver de moi-même. J'aimerais savoir ce qu'il pense vraiment. Tout ce dont je suis sûre, c'est qu'à cet instant, tout me semble aller de travers.

— Je dois prendre un peu de recul.

J'attrape mon ordinateur portable et le fourre dans mon sac à main, avant d'ajouter :

— Je vais à l'appartement de Winnie, en centre-ville.

Je me dirige vers la porte, attrapant ma valise à roulettes au passage.

— Quand est-ce que tu reviens ?

— Je ne sais pas, réponds-je, et ma voix se brise. J'ai juste besoin de m'éclaircir un peu les idées.

Je sors, et il ne me suit pas. Je ne peux pas rester avec quelqu'un qui ne croit pas en moi, alors que tant des personnes m'ont déjà rejeté. J'ai besoin de m'entourer de gens qui m'encouragent. C'est ma seule manière de survivre.

Je me dirige vers le métro, les yeux brouillés de larmes.

13

———

Josie

QUAND J'ARRIVE à l'appartement de Winnie en centre-ville, mes yeux sont gonflés à force d'avoir pleuré. C'est alors que je me souviens qu'elle est encore chez son père et sa belle-mère. Je laisse échapper une flopée de jurons. Et maintenant, quoi ? Je n'ai pas envie d'aller squatter chez un ami alors que j'ai les yeux si rouges et gonflés. Je dois avoir l'air pitoyable, et qui a envie de voir quelqu'un dans mon état se pointer devant sa porte ?

Je sors mon téléphone et j'appelle Winnie.

— Salut, c'est moi. Comment vas-tu ?

— Qu'est-ce qui s'est passé ? Tu as l'air bouleversée.

Je cligne rapidement des yeux dans un effort pour maintenir les larmes à distance et réponds :

— Je suis devant ton appartement en centre-ville, ma vie est nulle et je cherchais juste un endroit où me poser. Je suis vraiment une idiote. J'ai oublié que tu n'étais pas là.

— Je suis là. Je descends dans une minute.

Je m'écroule presque de soulagement. Je range mon téléphone et entre dans le vestibule. J'espère que le fait qu'elle soit rentrée signifie qu'elle se sent mieux. Elle a des soucis bien plus importants à gérer que les miens. Je suis là, à pleurer parce qu'on ne m'a pas prise à une audition et que mon petit ami ne me soutient pas, alors qu'elle doit faire face à une grossesse et un connard d'ex.

Elle apparaît dans le vestibule quelques minutes plus tard, une expression pleine de compassion sur le visage.

— Entre, on va pouvoir se reposer l'une sur l'autre pendant cette période nulle.

— Je suis désolée de te déranger. Je sais que tu as déjà assez de soucis comme ça.

— On parlera en haut.

Je hoche la tête et la suis jusqu'à l'ascenseur. Une fois dans son appartement, un joli logement d'une chambre principalement rempli de meubles blancs, avec des touches de verre et de chrome au niveau des guéridons et des tables basses, elle nous verse un verre de vin blanc chacun et s'assoit sur son canapé, avant de tapoter la place à côté d'elle. De la musique classique douce est audible en arrière-plan. Winnie est si cultivée et sophistiquée. C'était ce à quoi elle aspirait, et elle a parfaitement atteint son objectif. Elle a beau être un peu rêveuse, elle vit la vie qu'elle a toujours voulue, alors ce n'est peut-être pas une si mauvaise chose.

Je m'assois là où elle m'y a invité. Le canapé est trop dur pour être confortable. Colin a dû tout choisir selon ses propres goûts. Mais les squatteuses de canapé ne peuvent pas faire les difficiles.

— Alors, qu'est-ce qui est nul, dans ta vie ? demande-t-elle.

— Toi d'abord. Je suis sûr que ta vie est plus nulle que la mienne.

Elle lâche un soupir tremblant.

— OK, eh bien, j'ai fait une fausse couche.

— Oh, Winnie ! Je suis tellement désolée !

J'aurais dû remarquer qu'elle s'était versé un verre de vin, ce qu'elle n'aurait pas fait si elle avait été enceinte.

Elle hoche la tête et reste silencieuse un instant.

— Merci. J'ai pleuré pendant trois jours d'affilée, et puis je me suis retrouvée comme à court de larmes. Et voilà où j'en suis.

— Colin était-il au courant de ta grossesse ?

— Non. Je comptais le voir en personne samedi dernier pour lui annoncer, mais j'ai fait une fausse couche la veille. Tu parles d'un timing, hein ?

— Je suis tellement désolée, dis-je en la serrant contre moi.

Elle s'écarte et pousse un soupir.

— Ça ne devait pas se faire.

Elle boit une longue gorgée de vin. Je fais pareil.

Je suis sûre que Colin ne la laissera pas rester vivre ici très longtemps. C'est lui qui a tout payé.

— Tu cherches un nouvel endroit où vivre ?

— Je vais réaménager dans mon logement de Brooklyn jusqu'à ce qu'il soit vendu. Ensuite, je me servirai de l'argent pour m'acheter un appartement ici, en centre-ville. Je veux rester près du travail. New York est le centre du monde artistique. En tout cas, c'est ce que dit toujours mon patron.

Elle esquisse un petit sourire, et je le lui rends.

— Ça m'a l'air d'être un bon plan.

— À ton tour, maintenant.

— Ce n'est rien du tout.

— Jo-Jo, je te connais depuis toujours. Ne viens pas ici les yeux rougis et enflés et le visage marbré de larmes, pour me dire que ce n'est rien du tout.

— Jo-Jo, répété-je doucement. Je n'avais plus entendu ce surnom depuis longtemps.

Ma famille m'a appelé comme ça jusqu'à ce que je devienne ado, après quoi j'ai insisté pour qu'ils m'appellent « Josie » parce que je trouvais ce nom bien plus sophistiqué. C'est drôle, de se dire que je trouvais ça sophistiqué à l'époque alors que mon nom complet l'est beaucoup plus : Josephine.

Je pousse un soupir et je bois une autre gorgée de vin. Je sens ses yeux posés sur moi. Je sais qu'elle ne me jugera pas, mais j'ai peur de me remettre à pleurer si j'en parle à voix haute. J'ai trop mal aux yeux pour laisser couler d'autres larmes.

Elle me donne un coup de coude.

— Je resterai assise ici sans un mot en attendant que tu craches le morceau, jusqu'à ce que toute la bouteille de vin soit vide, s'il le faut.

Je vide mon verre et m'apprête à lui dire que ma carrière est tombée à l'eau. Encore. Mais c'est autre chose qui sort de ma bouche :

— Sean et moi nous sommes disputés à propos de quelque chose d'assez important, pour moi, et je crois que ça va mettre fin à notre relation. Je ne suis pas sûre. Je suis vraiment confuse.

— Tu peux être un peu plus spécifique ?

Pourquoi est-ce que j'ai commencé par ça ? Ma triste histoire a commencé quand j'ai été refusée, tout à l'heure. Ce n'est pas passé loin, encore une fois, mais non merci. Pas assez exotique ! Qu'est-ce qu'ils attendent de moi, bon sang ? Si j'avais su qu'ils voulaient un accent, j'en aurais fait un. Je peux imiter n'importe quel accent facilement, grâce à mon enfance nomade.

— J'étais en lice pour obtenir le rôle principal dans ce qui va sans aucun doute être un film à succès, lui expliqué-je, et je ne l'ai pas eu parce que je ne suis pas assez exotique.

— Je suis désolée, dit-elle en m'étreignant le bras. Pourquoi est-ce que Sean et toi vous êtes disputés ? Ce n'était pas à cause de moi, n'est-ce pas ? Ça ne me dérange pas que vous soyez ensemble.

— Non, ce n'était pas à cause de toi. C'était parce qu'il ne croit pas en moi. Il y a déjà assez de gens qui ne croient pas en mes capacités, merci beaucoup.

Ma voix se brise, ruinant complètement mes tentatives pour prendre un ton indigné.

— Je déteste me sentir comme ça, comme si je ne pourrais jamais m'arrêter de pleurer, dis-je en balayant d'autres larmes. Je ne sais pas si je suis plus bouleversée à cause de l'audition ou de Sean.

Elle prend la bouteille de vin et me verse un autre verre.

— Je suis désolée que tu n'aies pas obtenu le rôle que tu voulais, mais tu as toujours su rebondir. Je ne t'ai jamais vue t'effondrer pour une audition. Explique-moi ce qu'il s'est passé avec Sean.

Je bois une autre longue gorgée de vin et m'installe contre le dossier du canapé, les yeux levés au plafond et forçant mes larmes à reculer.

— Ce canapé est si inconfortable.

— Je sais. Colin l'a choisi pour ses courbes. Attends.

Elle pose son verre de vin et la bouteille sur un guéridon, repousse la table basse hors du passage et s'assoit par terre, sur un épais tapis blanc à motif de volutes.

Je la rejoins avec mon verre de vin, puis nous nous adossons au canapé.

— C'est beaucoup mieux.

— Est-ce que Sean t'a dit qu'il ne croyait pas en toi ? Ça n'a pas l'air d'être son genre. Il n'est jamais délibérément blessant.

Je l'étudie un instant, avant de demander :

— Tu es encore amoureuse de lui ?

Elle m'adresse un sourire triste et répond :

— Non. Je crois que j'étais juste nostalgique de ma relation avec lui, dans mon désespoir de trouver un avenir meilleur pour moi et le bébé. Sean me paraissait refléter la sécurité. Ça tient de sa nature protectrice.

Je songe à quel point je me suis sentie en sécurité avec lui dès le départ, alors que je faisais semblant qu'il était mon garde du corps dont le rôle était de tenir les fous à distance. Ça a quelque chose à voir avec sa taille, ses muscles et son comportement assuré et posé. Mes yeux deviennent brûlants et je vide mon verre.

Winnie me tend la bouteille, et je la vide dans mon verre.

— Oups, je ne voulais pas tout prendre.

Je fais mine de verser la moitié de mon verre dans le sien, mais elle le recouvre de sa main.

— Ça ira, me dit-elle en riant. Dis-moi pourquoi tu penses que Sean ne croit pas en toi.

Je prends une profonde inspiration.

— Bon, j'étais ébranlée parce que je n'avais pas eu le rôle. Je suis passée si près. Ils m'ont fait prendre l'avion jusqu'à LA et m'ont demandé de rester pour un dernier rappel, alors que nous n'étions plus que cinq. Je me sentais à l'aise avec le réalisateur, avec le rôle, avec tout. J'avais le sentiment que ça allait marcher. Et puis j'ai été refusée. Et, oui, j'avais besoin de faire mon deuil, et je faisais une petite crise existentielle, en me demandant pourquoi je me soumettais à tout ce rejet, cette incertitude et ce *malheur*.

— Comme souvent.

— Je sais. C'est ce que je fais quand ça ne passe pas loin, mais je pensais vraiment, vraiment que cette fois serait la bonne, et ça m'a fait plus mal que d'habitude.

— Et il ne t'a pas soutenue ?

— Il m'a trop soutenue ! Il a commencé à me dire, emménage avec moi, je vais prendre soin de toi. Tu pourras continuer ta petite carrière inexistante tout en pouvant t'appuyer sur moi. Comme s'il pensait que je n'allais jamais avoir de vraie carrière. Comme si j'avais besoin d'un homme pour prendre soin de moi ! J'ai toujours été indépendante et je me suis toujours débrouillée seule.

— Oh, Josie.

— Quoi ?

— Il ne m'a jamais dit un truc comme ça.

— Exactement ! m'exclamé-je en levant la main. Parce que tu as un super boulot à la galerie d'art. Il m'a dit, je cite « je devrais quitter mon boulot pour voyager avec toi parce que tu auras peut-être un rôle dans un ou dans cinq ans ? » Ou un truc comme ça, je paraphrase.

Je pointe un doigt en l'air et continue :

— Le truc, c'est que clairement, il ne croit pas en moi. Je suis son petit animal de compagnie qu'il veut pouvoir ranger dans sa poche.

Et il me verra toujours comme une incapable, comme inférieure, même. Je ne peux pas accepter ça.

— Pourquoi faudrait-il qu'il quitte son travail pour voyager avec toi ? demande-t-elle en plissant le nez. Tu veux dire, pour passer tes auditions à LA ?

— Non, je parle de mes futurs boulots sur les lieux de tournage de films.

Elle me dévisage.

— Quoi ?

— Tu es en train de me dire que vous allez rompre pour un futur scénario hypothétique ?

Je fronce les sourcils, et des larmes me montent à nouveau aux yeux.

— Alors tu ne crois pas en moi non plus.

— OK, tu es encore sous le coup de ton audition qui n'a pas fonctionné, je comprends, dit-elle en m'étreignant la main. Mais le simple fait que tu me dises que je ne crois pas en toi me fait comprendre que tu n'as pas les idées claires. Je suis allée à toutes tes performances au lycée et à la fac. J'ai enregistré ta pub et tes séries de vidéos sur mon ordinateur pour pouvoir les regarder quand je veux. Je croirai *toujours* en toi, et tu le sais.

Je ravale un sanglot. Elle me prend mon verre de vin et me serre contre elle, me caressant les cheveux comme la grande sœur qu'elle a toujours été pour moi.

Je pleure un peu, puis me redresse et m'essuie les yeux.

— J'ai mal aux yeux.

— Je vais aller te chercher une serviette froide.

Elle revient quelques minutes plus tard et je pose la serviette sur mes yeux, inclinant la tête en arrière.

— C'est juste un revers, dit-elle d'un ton ferme. Tu es résiliente. Donne-toi le temps de faire le deuil du job de tes rêves.

— C'est ce que je vais faire.

— Tu peux t'installer à Brooklyn avec moi jusqu'à ce que la maison soit vendue. Je vais y mettre des meubles, cela aura sûrement une meilleure allure si on donne l'impression que quelqu'un vit ici.

— Merci, Win. J'apprécie tout ce que tu fais pour moi. Je n'avais vraiment pas envie d'aller chez mes parents et de devoir leur expliquer à quel point ma carrière est lamentable. J'ai envie qu'ils croient que je suis toujours occupée à passer des auditions et à suivre des cours. Que les opportunités se bousculent, tu vois ? Je n'ai pas envie qu'ils pensent qu'ils ont gaspillé leur argent en payant mes frais de scolarité, tout ça pour que je me retrouve dans une impasse.

— Ma chérie, ils sont si fiers de toi. Je ne crois pas que tu aies à t'inquiéter de les décevoir. Parfois, tu es trop dure avec toi-même. Je sais que tu es très exigeante avec toi-même et que tu as des attentes élevées, et je suppose que c'est une bonne chose. Ça te donne l'ambition et la motivation de continuer à avancer. Mais tu dois t'efforcer de croire un peu plus en toi.

— Je crois en moi, affirmé-je en retirant la serviette de mes yeux. Comment est-ce que je pourrais continuer à faire ça, sinon ?

— Tu t'es mise en colère contre moi et Sean parce que tu croyais qu'on ne croyait pas en toi, alors que tu sais que c'est le cas pour moi, et que c'est sûrement le sien aussi. Je ne peux m'empêcher de croire que ce qu'on voit chez les autres n'est rien d'autre que ce qu'on voit chez soi-même, au fond. Tu doutes de Sean parce que tu doutes de toi-même.

Je la regarde, bouche bée.

Elle referme ma mâchoire ouverte d'un doigt.

— Réfléchis un peu à ça. En attendant, tu veux qu'on regarde *Vacances romaines* ? Audrey Hepburn, Gregory Peck, l'Italie.

— Tu as besoin de poser la question ? Bien sûr que je le veux. Merci.

Winnie me comprend vraiment. Attendez, est-ce que ça veut dire qu'elle a raison ? Est-ce que je ne crois pas assez en moi ? Je ne suis pas sûre de pouvoir admettre ça. J'ai passé des années à me pousser obstinément à aller de l'avant.

— Je vais nous faire du pop-corn. Tu veux passer la nuit ici ? Ce sera comme au bon vieux temps, quand on faisait des soirées pyjama. Tu pourras dormir dans mon lit avec moi. Il est bien assez grand. Je ne t'imposerai pas cet affreux canapé.

Elle se lève et me tend la main.

— Oui, merci, réponds-je en la prenant, et elle me hisse sur mes pieds. Oh, Win, je t'ai toujours considérée comme mon modèle. Tu as toujours été si bienveillante avec ta petite andouille de cousine.

Elle sourit, et ses yeux s'emplissent de larmes.

— Tu étais la petite sœur que j'ai toujours voulue.

Nous ne sommes que des enfants, toutes les deux.

Les larmes me montent aussi aux yeux, et je n'arrive pas à prononcer un mot, à cause de la boule qui s'est formée dans ma gorge et qui refuse de partir. Elle me serre dans ses bras, puis part dans la cuisine.

Beaucoup plus tard, après le film et une soirée paisible dépourvue de drames, je m'endors dès que ma tête a touché l'oreiller.

Je me réveille quand l'odeur du café atteint mes narines, et je la suis jusqu'à la cuisine.

— Bonjour, lance Winnie en me souriant.

— Bonjour.

J'ai la tête toute cotonneuse. Je me sers un grand verre d'eau et m'installe à sa petite table de cuisine, toute blanche et brillante. Colin aime vraiment les meubles blancs.

Winnie me tend une tasse de café, noir, comme je l'aime, puis pose une boîte de donuts sur la table. Je soulève le couvercle, et l'odeur des donuts tout frais me donne l'eau à la bouche.

— Oh, mon Dieu, je t'adore, dis-je en prenant un donut recouvert de glaçage.

— Je te connais bien, rit-elle.

Nous mangeons dans un silence confortable pendant quelques minutes.

— Je dois bientôt partir travailler, finit-elle par dire. N'hésite pas à rester ici. Sean dit qu'on peut emménager chez moi samedi.

Je mâche et avale le donut.

— Tu lui as parlé ?

Est-ce qu'il a demandé de mes nouvelles ? Je me demande si c'est elle qui l'a appelé ou s'il lui a passé un coup de fil pour vérifier que j'allais bien. Il ne m'a même pas appelée ni même envoyé de message.

— Oui.

Je me concentre sur mon café.

— Je lui ai dit que tu étais bouleversée par ton audition, continue-t-elle, et qu'il ne devrait pas prendre ce que tu lui as dit personnellement. C'est un truc auquel il faut s'habituer, quand on vit avec un acteur.

— Winnie !

Je grimace et baisse la voix.

— Je ne faisais pas tout un drame pour rien. Il veut s'occuper de moi comme si j'étais un petit animal incapable de se débrouiller tout seul.

— Il tient à toi. Pour lui, ça signifie prendre soin de toi. Je ne crois pas qu'il voie ça comme une réflexion sur tes perspectives de carrière.

— Eh bien, il n'a jamais dit qu'il voulait prendre soin de toi.

— Non, mais notre relation était différente. C'était un peu moi qui prenais soin de lui. Je suis comme ça, sourit-elle. Comme tu l'as toujours dit, je suis la déesse du foyer. Et c'est parce que j'aime m'assurer que les gens que j'aime sont à l'aise et bien nourris. Il voulait peut-être te transmettre ce genre d'attention.

Je secoue la tête, et le regrette immédiatement. Je bois mon café et me réprimande sévèrement pour avoir bu trop de vin. Le voyage m'a sûrement rendue encore plus déshydratée. Je me lève et me sers un autre verre d'eau, que je vide devant l'évier, avant de remplir à nouveau le verre.

Winnie pose sa tasse dans l'évier et se tourne vers moi.

— Je sais que tu te sens mal en ce moment, mais quand tu iras mieux, et ça finira par arriver, parle-lui, s'il te plaît. Ne fais pas la même erreur que moi en le quittant. Il en vaut la peine.

— Tu l'aimes encore, dis-je d'un ton amer.

Elle pousse un soupir.

— Souviens-toi que ce dont tu soupçonnes les autres reflète souvent ce que tu éprouves au fond de toi.

Je la dévisage, à mi-chemin entre l'irritation et la surprise. Est-ce que je fais vraiment ça ? Est-ce que je sus amoureuse de lui alors qu'il se comporte de manière sexiste et sceptique avec moi ? Est-ce qu'en réalité, c'est moi qui doute le plus ? Non, il m'a bien dit qu'il voulait prendre soin de moi. Sa conception de notre futur ensemble, c'est qu'on vive dans son monde, comme si ma carrière n'existait pas. Et je sais que ce n'est pas encore le cas, mais je crois que ça arrivera un jour. Bientôt, j'espère. Vous voyez, je crois en moi.

Elle dépose un baiser sur ma joue, prend son sac à main et part travailler.

Sean

LA PREMIÈRE SEMAINE après la décision de Josie de prendre du recul dans notre relation, j'ai gardé mon calme. Je me disais qu'elle finirait par entendre raison et par revenir. Winnie m'a expliqué que c'étaient les retombées de son échec à l'audition. Je croyais que Josie finirait par me remercier de mon offre généreuse de lui octroyer un socle solide où se poser, et par l'accepter.

La deuxième semaine a été plus difficile. Elle me manquait trop. Je n'arrivais pas à dormir. Et elle ne me recontactait toujours pas. J'ai même appelé Winnie pour vérifier si Josie était encore dans le coin, et pas partie rendre visite à ses parents. Elle est toujours là.

Maintenant, ça fait deux semaines et demie que Josie est partie. Oui, j'ai compté. Vous savez, exactement comme sa cousine, elle est partie au moment même où quelque chose de meilleur arrivait. Sauf que cette fois, c'est pire, parce que Josie n'est même pas partie pour une vraie raison. Elle m'a quitté parce qu'elle s'est imaginé que je n'acceptais pas sa carrière.

J'en ai marre de me languir d'elle. Je trouve ça génial, qu'elle soit actrice, même si c'est une carrière si instable. C'est si mal, de ne pas vouloir qu'elle passe le reste de sa vie à dormir sur le canapé des autres ?

Et puis, j'ai soudain compris. Je l'imagine très bien passer le reste de sa vie à pourchasser un rêve. À le pourchasser, sans jamais l'obtenir. Je sors mon téléphone et vais sur son site internet, pour regarder à nouveau sa vidéo. Elle a du talent, et elle crève l'écran, ça ne fait aucun doute. Je suis sûr que je suis biaisé parce que je suis amoureux d'elle, mais quand même.

Comment lui prouver que je suis de son côté quoiqu'il arrive ? Je me remémore notre dernière conversation, me la répète plusieurs fois. Elle voulait savoir que je resterais avec elle, même si elle devait voyager autour du monde pour le travail. Elle m'a dit qu'elle avait beaucoup voyagé étant petite, au fil de la carrière de chanteuse d'opéra de sa mère. Son père voyageait avec eux, lui aussi. C'est à ça que ressemble l'amour, pour Josie. Tout le monde reste ensemble, tout le monde poursuit son rêve. Mais que faisait son père ?

Je cherche sa mère sur internet et trouve rapidement la réponse. Le père de Josie était le manager de sa mère. Je ne vois pas comment ça peut s'appliquer à moi. Je ne connais rien aux métiers du divertissement, et je serais inutile, en tant que manager.

Quand j'arrive au bureau, je n'ai toujours aucune réponse. Nous sommes vendredi, et je suis déterminé à trouver quelque chose pour faire revenir Josie avec moi ce soir. Je ne veux pas passer un week-end de plus sans elle, ni même un seul jour.

Quand l'heure du déjeuner arrive, je n'ai toujours aucune idée de comment trouver ma place dans la vie de Josie, quand elle aura percé. C'est tout ce qu'elle attend de moi. Savoir que je crois dans l'existence de cette version, et que je veux quand même faire partie de sa vie. Mes frères et moi profitons d'un déjeuner de travail dans une pizzeria. Dylan passe certains détails en revue, mais j'arrive à peine à me concentrer sur ce qu'il dit.

C'est alors que j'entends les mots « donations de la part de personnes aisées de la communauté locale » et que tous mes sens se mettent soudain en alerte.

— Attends, rembobine. Répète-moi ça.

Dylan répète patiemment :

— Je disais que je veux obtenir des donations de la part des personnes aisées de la communauté locale, pour le terrain de jeu et l'aménagement paysager.

— Beaucoup d'acteurs riches vivent à Brooklyn, remarqué-je alors qu'une idée prend forme dans ma tête. Ils seraient intéressés par une revitalisation du quartier.

J'ai peut-être trouvé mon rôle à la fois dans l'entreprise familiale et avec Josie. Dylan a déjà dit que nous devions trouver notre niche dans le domaine du développement immobilier. Dylan est le directeur ; Brendan trouve les nouvelles propriétés. Ça pourrait être mon rôle. J'ai déjà organisé des collectes de fonds pour Habitat pour l'Humanité. Plusieurs, même, et elles ont été très rentables. Une vague d'énergie m'envahit. Ça pourrait marcher. Je vois enfin comment Josie et moi pourrions trouver une connexion sur le long terme.

— Je veux que ce soit ma niche, dis-je.

Dylan fronce les sourcils.

— De quoi est-ce que tu parles ?

Mes frères me dévisagent.

— Tu as dit qu'on pouvait chacun trouver notre niche dans l'entreprise. C'est la mienne. Je vais superviser la branche philanthropique, et m'assurer l'engagement de membres du show-biz. J'ai un contact, même plus d'un, d'ailleurs. Silvia connaît Claire Jordan. Et je pourrais faire ça à distance, au besoin.

Il me dévisage.

— Pourquoi voudrais-tu le faire à distance, alors que tu es là ?

— Parce que ma petite amie est une actrice talentueuse et qu'elle va avoir beaucoup de succès.

Mes frères échangent des regards surpris, tous excepté Jack, qui était déjà au courant pour Josie.

— Tu y vas à fond, hein ? lance-t-il.

— Qui est-ce ? me demande Dylan.

— Josie Abott.

— Je n'ai jamais entendu parler d'elle.

— Elle n'est pas encore célèbre.

Dylan me dévisage un long moment.

— Tu es mon bras droit. Tu m'as dit que tu serais là pour quand le bébé arrivera.

— Tu pourrais avoir deux bras droits. Je pourrais intervenir si je suis sur les lieux à ce moment-là, ou l'un de ces types…

Je pointe du doigt les candidats potentiels – Jack, Connor et Garett. Brendan a déjà trouvé sa niche.

Dylan laisse échapper un soupir. Je sais à quoi il pense. Garrett n'a pas assez d'expérience, Jack fait trop la fête. Ça ne peut être que Connor. Il est intelligent et réservé, toujours en train de réfléchir. En fait, plus j'y pense et plus je me dis qu'il serait le choix idéal.

Jack rend le choix encore plus facile en levant les mains.

— Ne me regardez pas. Je ne veux pas avoir Dylan sur le dos si quelque chose tourne mal sous ma surveillance.

Je croise le regard de Connor et nous échangeons une communication silencieuse. *C'est toi, mon pote. Ça ne peut être que toi.* Il a vingt-sept ans, ce n'est pas comme s'il était complètement inexpérimenté. Il a neuf ans d'expérience professionnelle à son actif.

— Je serai ton bras droit, Dylan, dit Connor d'un ton décontracté. Tu n'as qu'à me mettre au courant.

Je retiens mon souffle, parce que Dylan ne répond pas tout de suite. Il s'appuie toujours sur moi parce que, mis à part lui, je suis le plus expérimenté.

Dylan nous étudie tous les deux, avant de finir par répondre :

— OK, la place est à toi, Con. Merci, Sean, je ne sais pas ce que tu es en train de fabriquer. Tu veux transformer deux contacts acteurs en une base philanthropique ?

Je sens un poids se soulever de mes épaules et réponds :

— C'est un début. Je peux me mêler un peu aux gens, de contact en contact. Je l'ai déjà fait, quand je persuadais les gens de venir aux restaurants de collectes de fonds pour Habitat pour l'Humanité.

— Et pour le travail concret sur le terrain ? demande-t-il.

— Tant que je serai dans le coin, je travaillerai aussi dur que d'habitude, et je te préviendrai si j'ai besoin de m'absenter. C'est juste que… Josie va voyager, et je veux être avec elle.

— Il est tellement amouuureux, chantonne Jack d'une voix de fausset, avant de reprendre sa voix normale : Que Dieu nous vienne en aide.

Dylan donne une tape sur la tête de Jack.

— Un jour, mon pote, ça t'arrivera à toi aussi. Continue de prier.

Tout le monde rit, même Jack.

Ce dernier secoue la tête, un sourire aux lèvres.

— Impossible. Je vais à Vegas ce soir avec les gars pour l'enterrement de vie de garçon de Sam. Je suis chargé de l'organisation, alors tout le monde sait que ça va être la folie.

Dylan retrouve son sérieux et prend son ton de grand frère raisonnable :

— Apprendre à connaître quelqu'un pour vivre un peu plus qu'une aventure d'un soir, ça en vaut la peine.

Jack arbore un sourire narquois. Il se croit plus malin que Dylan et moi. On sait tous les deux ce qu'il rate. Quelque chose de profondément satisfaisant.

— Dylan ? reprends-je. J'ai besoin de savoir si mon plan te convient.

Dylan se tourne vers moi, et son expression se radoucit.

— C'est d'accord pour ta niche. Je veux la rencontrer.

Je me lève de la table d'un bond.

— Bientôt. Merci ! Ça va être génial.

— Où est-ce que tu vas ? demande Dylan. C'est l'heure du déjeuner. Tu ne peux pas mettre fin à ta journée maintenant.

— Je dois récupérer ma femme.

Il lève les yeux au ciel et marmonne :

— Tout ça alors qu'il n'est même pas avec elle ?

Il hausse la voix par-dessus les ricanements de mes frères et lance :

— Si tu es en retard, je le retiens sur ton salaire.

— Merci, patron !

Je souris en moi-même. Maintenant, j'ai un moyen d'être le patron, moi aussi. Je trouve que « directeur de la Fondation Rourke » est un titre qui sonne très bien.

14

Josie

Je rentre à la maison en traînant des pieds. Ce n'est pas pareil, de vivre avec Winnie dans la maison de présentation, que quand je vivais dans cette même maison avec Sean. Je sais que c'est dingue, mais le matelas gonflable, et les repas à emporter qu'on partageait me manquent. Oh, et puis zut, Sean me manque. Ça affecte tout ce que je fais. Je viens de passer la pire audition de ma vie parce que je ne pouvais pas me montrer pétillante et joyeuse pour une stupide pub pour un yaourt. Pourquoi est-ce que j'ai paniqué à l'idée qu'il ne me soutienne pas dans ma carrière ? Je n'ai pas de carrière.

Malgré tout, aussi abattue que je me sente en ce moment, je ne peux me résoudre à accepter son offre d'emménager avec lui et de le laisser prendre soin de moi. Ce n'est pas qui je suis.

Winnie me harcèle pour que je lui parle et que j'essaie de me réconcilier. Mais qu'est-ce qui a changé ? Il a toujours des racines profondes ici. J'ai toujours envie de voyager là où je pourrais trouver du travail. Je devrais sûrement retourner à LA bientôt. Il y a plus d'occasions d'auditions, là-bas. Sauf qu'une partie de moi refuse de laisser Sean en arrière.

Vous savez quoi ? Puisque je dois rester ici à Brooklyn juste parce que je n'arrive pas encore à tourner la page alors je ferais mieux de lui parler. Je vais lui demander de me rencontrer quelque part en public. Peut-être au parc. Si je le vois et que mon instinct me dit d'être avec lui, je lui dirais qu'on doit décider d'un plan qui nous mettrait sur un même pied d'égalité. Et s'il s'en va, ça ne pourra pas être pire que ces deux dernières semaines.

Je m'arrête sur le trottoir et lui envoie un message. *Est-ce qu'on peut se retrouver à Prospect Park pour parler un peu ?*

Pourquoi pas maintenant ?

Je souris, surprise de la rapidité de sa réponse. Il est peut-être en pause déjeuner. Bien sûr. *Combien de temps te faut-il pour arriver ?*

Lève la tête.

Je lève les yeux vers l'appartement où je vis avec Winnie, mais je ne le vois pas par la fenêtre. Je tourne la tête et regarde au bas de la rue. Il est là, un peu plus loin, et me rend mon regard.

Il lève la main, l'air posé, fort et assuré dans son tee-shirt de Byrne Construction bleu, son jean et ses bottes de travail. Tout en moi se tend vers lui.

Je laisse échapper un cri et cours vers lui, avant de me jeter dans ses bras. Il me serre contre lui.

Des larmes me piquent les yeux. Je n'avais pas réalisé à quel point il m'avait manqué jusqu'à ce que je le revoie. J'étais si enlisée dans mes pensées et maintenant, je me sens légère, comme si tout ce qui me pesait sur les épaules s'était soudain envolé.

— C'est un sacré accueil, gronde-t-il à mon oreille.

Je m'essuie les yeux et lève la tête vers lui.

— Tu m'as tellement manqué.

— Tu m'as manquée aussi, répond-il en coiffant mes cheveux en arrière et en prenant ma mâchoire en coupe.

— Je ne veux plus qu'on soit séparés.

— Moi non plus.

Je souris entre mes larmes.

— Il faut qu'on discute.

— Je suis d'accord. Ça te convient si on va chez toi ? C'est plus privé que le parc, et on est juste devant.

— Bien sûr.

Il me prend la main et me ramène vers l'appartement où nous nous sommes rencontrés.

— Comment vas-tu ?

— Très mal, admets-je.

— Moi aussi, répond-il en m'étreignant la main.

— Je me sens tellement idiote. Winnie n'arrête pas de me dire de te parler. Elle me jure que tu n'es pas sexiste.

— C'est sympa de savoir que Winnie a intercédé en ma faveur, mais c'est ton avis qui m'intéresse.

— Cet échec à l'audition m'a un peu fait l'effet d'un coup de massue, et depuis, rien ne va. Je viens de passer une audition pour une pub pour le yaourt en serrant les dents tout du long. Ils se demandent sûrement pourquoi ils m'ont fait venir.

— Le yaourt, c'est dégueu. Pas étonnant que tu aies serré les dents.

Je ris.

— Ça n'a rien de dégueu.

— C'est ce qu'on essaie de nous faire croire, en mettant ces gens rayonnants et en bonne santé dans les pubs, sourit-il. Mangez ce truc dégoûtant et vous serez rayonnant et en bonne santé, vous aussi. Pour moi, la vraie solution, c'est la pizza.

— Et les plats à emporter.

— Et beaucoup d'eau pour équilibrer tout ça.

Je lui souris.

— Ça ne t'a clairement pas fait de mal.

— J'ai obtenu ce cou musclé grâce à la pizza, affirme-t-il en pointant le doigt vers son cou.

J'éclate de rire.

— Tu sais ce que je pense de ton cou musclé.

Nous arrivons à l'appartement et je nous fais entrer avec ma clef. Il entre derrière moi et je lui fais signe de s'asseoir sur le canapé. Ce n'est pas le sien ; il a déménagé ses meubles. Celui-ci est d'une couleur beige très neutre et vient de l'entreprise de meubles de présentation. Tous les meubles sont loués, sauf ceux de la chambre de Winnie, qui lui appartiennent.

— C'est pas mal du tout, remarque-t-il en regardant autour de lui. Je suis sûr que le logement sera bientôt vendu.

— Beaucoup de gens sont déjà passés le visiter. Le type de l'agence immobilière dit que Winnie devrait recevoir plusieurs offres concurrentielles d'ici la fin du mois.

— Bien.

— Sean, dis-je.

— Josie, dit-il en même temps que moi.

— Toi d'abord, dit-il.

— Je suis amoureuse de toi, avoué-je, une boule se formant dans ma gorge et mes yeux me picotant. Ça a été très dur d'être séparé de toi.

Il prend ma joue en coupe dans sa main et m'embrasse.

— Je sais ce que ça fait. Je t'aime aussi.

Je m'écarte et m'essuie les yeux.

— OK, dis-je d'une voix tremblante. Il nous faut un plan, d'accord ? J'ai besoin qu'on soit sur un pied d'égalité. Je n'ai pas envie d'avoir la sensation que tu dois prendre soin de moi. Je ne veux pas que tu me voies comme quelqu'un d'incapable de me débrouiller dans la vie. J'ai réussi à en arriver jusque-là, et je suis déterminée à continuer, peu importe à quel point ce sera dur.

— Tu te souviens quand Winnie a dit que j'étais quelqu'un

de protecteur, et que ça t'a plu ? demande-t-il, ses yeux bleus rivés aux miens. Je te faisais te sentir en sécurité.

— Oui.

— C'est tout ce que je voulais dire, la dernière fois. Je veux te protéger des difficultés de, eh bien, de tout. J'ai envie de te blottir contre moi et de te garder bien en sécurité avec moi. Mais je me rends bien compte que tu n'as pas besoin de te sentir en sécurité comme ça. Je t'ai regardé ta vidéo *encore et encore et encore*.

Il marque une pause et rit.

— Je pense honnêtement que tu as ce qu'il faut. Tu es talentueuse ; la caméra t'adore. Je crois en toi.

Mon menton se met à trembler.

— Même si je n'arrête pas d'être rejetée ?

— Qu'ils aillent se faire foutre, si l'industrie du cinéma n'est pas capable de voir ce que je vois. Mais je crois qu'ils finiront par le voir. Tu auras bientôt ce « oui » que tu attends. Tu seras lancée, et je veux être à tes côtés quand ça arrivera.

— Cette idée me plaît beaucoup, mais comment ? Je ne peux pas te demander de quitter ton entreprise familiale.

Il soulève un coin de sa bouche et répond :

— J'ai trouvé un moyen pour qu'on soit ensemble sur le long terme.

Je me mords la lèvre et retiens mon souffle, alors que l'espoir éclot dans mon ventre.

— J'ai trouvé une niche dans laquelle me spécialiser, qui pourra vous inclure, toi et ton monde, explique-t-il en replaçant une mèche de mes cheveux derrière mon oreille. Je serai responsable de la branche philanthropique de Rourke Management. Il y a beaucoup d'acteurs, à Brooklyn, qui aimeraient sûrement que le quartier soit revitalisé. Et si nous devons voyager pour ton travail, ça sera l'occasion pour moi de rencontrer d'autres acteurs qui pourraient avoir envie de faire un don pour la cause.

Mon cœur se met à battre plus fort.

— Mais et pour le côté construction ? Tes frères ont besoin de toi.

— Je serai là aussi, mais j'ai toujours eu l'intention de plus me tourner vers le côté commercial, un jour. Je t'ai déjà parlé de mes ambitions. Ça me donne l'occasion de changer de domaine tout en restant à tes côtés.

Je n'arrive pas à y croire. À aucun moment, l'idée que la voie de Sean puisse aussi parfaitement fusionner avec la mienne ne m'avait traversé l'esprit. Il a fait en sorte que ce soit possible, parce qu'il envisage un avenir pour nous. Et c'est ce dont j'ai envie, plus que tout. Je le regarde – la sincérité et, oui, l'amour qui brillent dans ces yeux bleus. Je n'aurais pu trouver de partenaire qui me soutienne plus que ça. Il croit vraiment en moi.

Un sourire éclot lentement sur mes lèvres.

— Et si je n'ai jamais besoin de voyager. Si je trouve un boulot local, par exemple, tu pourras toujours travailler avec les gens aisés du coin.

— Exactement.

Je laisse échapper un petit rire. Un élan d'allégresse m'envahit, me donnant envie de danser et de chanter. C'est tout ce que j'avais espéré ! Mais c'est alors qu'une petite voix dans ma tête me conseille de penser un peu à lui. Qu'y a-t-il de mieux pour Sean et sa carrière ?

— Quoi ? demande-t-il. Tu avais l'air sur le point de te jeter dans mes bras, et puis tu es redevenue sérieuse.

J'entrouvre les lèvres de surprise en me rendant compte qu'il arrive à déchiffrer les expressions de mon visage aussi bien que moi. Ça me rend si heureuse de savoir qu'il y a une vraie connexion entre nous.

Je l'embrasse.

— Ça ne me dérange pas si tu ne peux pas rester avec moi pendant plusieurs mois d'affilée, tant qu'on se rend visite. Si je trouve un job lucratif, je pourrais couvrir la majeure partie des coûts de déplacement pour que tu puisses me rendre visite chaque fois que tu peux.

— Ça peut marcher, affirme-t-il en prenant mes deux mains dans les siennes. On va faire en sorte que ça marche. Mais ne m'abandonne plus jamais comme ça. Ça me rappelle ta cousine, et je ne peux pas supporter ça. Parle-moi, romps avec moi s'il le faut, mais ne pars pas sans rien dire.

— Oh, Sean, je suis tellement désolée. À mes yeux, je ne voulais pas du tout te quitter, et je déteste l'idée que ce soit l'impression que tu aies eue. J'avais juste besoin de prendre un peu de recul, et ensuite je ne savais pas comment revenir à ce que nous avions. J'aurais dû te parler plus tôt. J'essayais vraiment de trouver une solution.

Je secoue la tête, les lèvres pincées et les yeux me picotant.

— Et tu peux oublier la deuxième partie de ta phrase. Je ne romprai pas avec toi, jamais.

Il prend mon visage entre ses grandes mains et m'embrasse tendrement. Je lui rends son baiser passionnément.

Un long moment plus tard, je le laisse à nouveau respirer et dis :

— Si je perce un jour, je prendrai soin de toi.

Il étire un coin de ses lèvres.

— Qui est sexiste, maintenant ?

Mon cœur est tellement comblé qu'il semble à deux doigts d'exploser. Je le regarde d'un air rayonnant et le serre contre moi.

— On prendra soin l'un de l'autre.

— Ça m'a l'air d'un plan parfait.

Il m'embrasse à nouveau, puis s'écarte, le regard intense.

— Tu veux bien emménager avec moi ? J'ai encore ce canapé que tu aimes tant, plus un vrai lit. Et toutes les barres protéinées que tu désires.

— J'adorerais, ris-je.

— Ce soir.

Je hoche la tête, souriant si largement que j'en ai mal aux joues.

Il se lève et m'attire avec lui.

— En attendant, on a pas mal de temps perdu à rattraper.

— Oh, mon Dieu, tellement.

Je le guide à l'étage, jusqu'à ma chambre au quatrième étage. Elle est meublée, maintenant, par l'entreprise de maisons de présentation.

Dès que la porte s'est refermée derrière nous, nous nous précipitons l'un contre l'autre dans un enchevêtrement avide de désir. Sa bouche recouvre la mienne et ses mains tirent sur mes vêtements pendant que je lui ôte les siens.

Nos vêtements volent dans toute la pièce et nous finissons sur le lit, encore entremêlés ensemble. Il me fait rouler sous lui, m'écarte les jambes et se positionne.

— Sean !

Il se penche vers le sol pour récupérer son portefeuille, en sort un préservatif d'un air triomphant et l'enfile. Puis il revient vers moi et ses mains me clouent au matelas pendant qu'il s'enfonce profondément en moi. Je gémis et lève les hanches pour le prendre encore plus loin.

— Ma douce Josie, me dit-il à l'oreille dans un murmure rauque.

— Mon doux Sean.

Il n'y a rien d'autre à dire.

Ses yeux m'hypnotisent, l'amour afflue entre nous, intense et dévorant. Puis j'oublie tout, perdue dans le plaisir, et mon cri se joint à son grognement.

Il me recouvre de tout son poids et enfouit le nez dans mon cou. J'enroule les bras autour de lui. J'ai enfin trouvé un foyer.

ÉPILOGUE

Trois mois plus tard…

Sean

Je suis à Atlanta avec Josie, où elle tourne son premier film. Je suis si fier d'elle. Elle joue un second rôle dans un film centré sur un groupe célèbre il y a deux décennies. Même si c'est un second rôle et pas le rôle principal, elle a beaucoup d'occasions de briller. Elle peut chanter, jouer, danser, et possède sa propre intrigue romantique secondaire. Oui, elle embrasse un autre homme. Je gère. Je n'en suis pas ravi, mais je gère.

La compagnie de production a payé des chambres dans un hôtel cinq étoiles pour le casting, et je m'y suis installé pour travailler à distance pendant une semaine. C'est un arrangement très sympa pour moi, en vérité. Ils tournent pendant deux mois, et je serai là une semaine par mois, ainsi que tous les week-ends. Ils ont trop besoin de moi au boulot pour que je puisse rester deux mois entiers, mais voilà où nous en sommes en ce moment. Je suis à ses côtés autant que possible et, quand le tournage sera terminé, elle reviendra à Brooklyn avec moi jusqu'à notre prochaine aventure.

J'ai rencontré beaucoup de gens très sympas et j'ai été orienté vers d'autres personnes à Manhattan et Brooklyn, qui aiment ce que nous faisons chez Rourke Management. Ils ont particulièrement apprécié notre connexion avec la famille royale. Étant donné que mes cousins royaux avaient déjà une fondation d'œuvres de charité, la Fondation Royale Rourke, nous avons créé une filiale aux États-Unis, la Fondation Royale Rourke US, pour pouvoir nous concentrer sur ce que nous offrons aux quartiers locaux que nous développons. Le mieux, c'est que la majeure partie des imbroglios administratifs associés à une association à but non lucratif est gérée par leurs professionnels. L'autre très bonne nouvelle, c'est que mes cousins de Villroy peuvent contribuer facilement à notre cause par le biais de la fondation. Et, bien sûr, j'ai pu devenir le patron de l'association, ici, aux États-Unis. Dès que je serai en position de le faire, je compte rediriger à mon tour quelques donations vers les causes locales de Villroy. C'est le moins que je puisse faire compte tenu de leur générosité en s'alliant avec nous. Et puis, Villroy est aussi mon royaume. Je veux qu'il s'épanouisse pour les générations futures.

Nous sommes le dernier jour du tournage avec la scène du grand final, et je suis dans les coulisses pour regarder. Après ça, une fête de fin de tournage est organisée, et demain, nous rentrons tous les deux en avion. Je les regarde réitérer la scène cinq fois avant que le réalisateur annonce que ce sera tout. Une acclamation retentit et j'applaudis avec l'équipe.

Josie enlace ses collègues, puis me remarque et se précipite dans mes bras. Elle porte toujours sa robe argentée et pailletée et ses cheveux sont coiffés en une masse rousse ondulée. Je la rattrape et la fais tourbillonner dans mes bras.

— Félicitations !

Elle me lance un regard rayonnant et m'embrasse.

— C'est un sentiment un peu doux-amer de devoir partir. Ce groupe est comme une famille pour moi.

— Alors qu'est-ce que je suis, moi ? demandé-je d'un ton faussement indigné.

— Tu es mon foyer, répond-elle en prenant un air plus doux.

— Nous aurons peut-être notre propre famille, un jour.

— Sean ! Tu es si mignon. Oui, j'aimerais beaucoup.

— Je suis ravi de l'entendre. Ça rendra ce qui va suivre moins embarrassant.

Je me laisse tomber sur un genou et lève une bague en diamant devant elle.

Elle lâche un couinement haut perché qui fait se tourner toutes les têtes vers nous. Le cameraman tourne sa caméra vers nous. Il est en train de filmer. Pourquoi pas ?

Je lui prends la main et commence :

— Josie, tu es mon cœur, mon amour et ma maison. Je t'aimerai et prendrai soin de toi pour le restant de ma vie. Veux-tu m'épouser ?

— Oui ! s'exclame-t-elle, ses yeux s'emplissant de larmes.

Elle prend la bague, la passe à son doigt et se jette dans mes bras, manquant de me faire tomber. Je me relève en la maintenant dans mes bras et l'embrasse avec tout l'amour que j'éprouve dans mon cœur.

Le casting et l'équipe applaudissent et elle rompt le baiser, les yeux écarquillés. Elle se retourne et lève les bras en l'air, formant le V de la victoire. Le plus drôle, c'est que Josie n'a jamais été pom pom girl. C'est juste son enthousiasme naturel.

— On va se marier !

— On sait ! répondent plusieurs personnes à l'unisson tout en nous adressant de larges sourires.

Un chœur de félicitations s'ensuit.

À mon signal, des flûtes de champagne sont distribuées. Je l'ai commandé pour fêter la fin du film et le début de notre vie ensemble. J'étais sûr qu'elle dirait oui. Elle est si affectueuse, si aimante, et si reconnaissante que je la suive sans hésiter dans sa carrière. Elle est en adoration devant moi jour et nuit, et j'aime chaque minute passée avec elle. Je n'ai jamais aimé personne autant qu'elle. J'ai presque envie de remercier Winnie de m'avoir quitté, parce que cela a permis de laisser entrer Josie dans ma vie. En plus, Winnie m'a laissé rester pour finir de rénover la maison dont j'étais tombé amoureux. Ça a vraiment été un travail passionné, ça m'a parfois donné la migraine, mais finalement, je suis extrêmement satisfait du résultat. Winnie est heureuse pour nous et a déjà dit qu'elle serait ravie que je fasse partie de la famille. Le fait qu'elle ait récemment rencontré quelqu'un facilite sûrement les choses ; c'est un sculpteur, et d'après elle, c'est quelqu'un qui a les pieds sur terre. Je trouve ça génial. Winnie a besoin d'un type qui a les pieds sur terre. Et j'ai besoin de Josie.

Josie me regarde d'un air rayonnant et fait tinter sa flûte de champagne en plastique contre la mienne.

— À nous !

— À nous.

Je m'apprête à boire, mais elle m'arrête.

— Attends ! On doit échanger nos verres, je te fais boire et vice versa.

Une lueur joyeuse danse dans ses yeux alors qu'elle ajoute :

— Ce sera plus romantique !

Elle noue son poignet au mien et nous inclinons nos verres pour boire. Elle n'arrête pas de lancer ces instants romantiques. Parfois, c'est comme si elle tournait notre comédie romantique dans la vraie vie. Heureusement que j'aime ça.

— J'ai trouvé le logement parfait pour nous, lui annoncé-je après notre toast.

Tout le monde se balade autour de nous et célèbre la fin du tournage.

— J'ai fait une offre ce matin. Je te montrerai à notre retour.

Elle m'a mis responsable de la recherche de maison comme je connais Brooklyn, la valeur de l'immobilier et les signes d'une maison bien construite.

Elle se met à sautiller sur la pointe des pieds, les yeux étincelants.

— Est-ce que c'est à Park Slope, là où on s'est rencontrés ?

— Oui. C'est un peu juste financièrement, mais…

Elle se met sur la pointe des pieds et me murmure à l'oreille :

— Je paierai.

Je secoue la tête.

— Je m'en occupe. J'ai fait une offre…

Elle passe les bras autour de mon cou et m'embrasse, m'interrompant avant que j'aie pu lui parler de mon offre brillante. Je la laisse faire, appréciant sa passion désinhibée. Cette femme est littéralement folle de moi.

Elle rompt le baiser et fais un pas en arrière, l'expression soudain sérieuse.

— OK, qu'est-ce qu'on a dit concernant notre avenir ?

Je sais, mais c'est difficile pour moi. Je l'aime. J'ai envie de prendre soin d'elle autant que j'en suis capable, et pour ça, je peux le faire.

— Écoute, me lancé-je. J'ai fait une offre brillante, qui permettra au propriétaire de ne pas avoir à se soucier des réparations nécessaires que j'ai pointées du doigt, s'il abaisse le prix de manière à ce que ce soit dans mes moyens. Je sais que je peux tout rénover à la perfection. Je m'occupe de tout.

— Sean ? dit-elle avec un doux sourire.

Je lâche un soupir.

— Oui, Josie ?

— Tu te souviens qu'on doit prendre soin l'un de l'autre ? Ce n'est plus un problème pour moi, maintenant, et je veux planter mes racines à Brooklyn avec toi, même si nous voyageons. Alors c'est moi qui paie, fin de la discussion. Et tu sais ce dont tu peux t'occuper pour moi ?

Je ne peux m'empêcher de sourire. J'aime tellement cette femme, et elle comprend que j'aie besoin de faire quelque chose pour elle. Je ne peux pas la laisser tout me donner, ce qu'elle fait tout le temps. Je n'ai jamais rencontré quelqu'un d'aussi généreux. Elle fait toujours cet effort. Elle plie encore ma serviette en diagonale, et me sert un verre d'eau à chaque repas. (Je ne lui fais pas confiance avec les boissons chaudes. Dieu merci, elle n'est plus serveuse. Un vrai danger public.) En plus, elle est aussi généreuse dans ses affections, ses compliments, son plaisir non dissimulé de faire tout ce dont j'ai envie au lit et en dehors. Elle est un rêve devenu réalité. Vraiment.

— Que puis-je faire pour toi, ma fiancée et future femme aimante ? demandé-je en l'attirant contre moi.

Elle m'adresse un sourire rayonnant et mon cœur enfle dans ma poitrine.

— Tu peux nous construire une salle de cinéma, pour qu'on puisse se blottir sur le canapé et regarder nos comédies romantiques préférées ensemble.

— Chut, murmuré-je en me penchant près de son oreille. Ne laisse pas ça s'ébruiter.

Elle rit et s'écarte assez pour pouvoir lever les yeux vers moi, une étincelle joyeuse dans les yeux.

— Parfois, j'ai l'impression qu'on vit dans notre comédie romantique personnelle.

Je le savais ! Je souris.

— Si c'était le cas, ce serait sûrement le moment où on se mettrait à chanter.

Elle s'écarte et se trémousse un peu.

— Ou à danser, dit-elle.

Je lui adresse un sourire lent et sexy.

— Mieux encore, on pourrait disparaître dans un fondu au noir pendant qu'on se dirige vers notre chambre.

— C'est ce que je préfère, dit-elle.

Puis elle passe les bras autour de mon cou et m'embrasse passionnément.

Je la soulève dans mes bras alors que nous sortons des coulisses pour nous éloigner vers le soleil couchant dans notre fondu au noir personnel.

Ne manquez pas le prochain livre de la série, *Rogue Rascal - Version française*, où Jack se rend à Las Vegas et se lie avec la petite sœur de son meilleur ami !

Jack

Je suis ce type qui aime passer du bon temps, alors quand mon meilleur ami m'a demandé d'organiser son enterrement de vie de garçon, on est évidemment tous partis à Vegas. Après une soirée débridée, je me réveille dans une chambre d'hôtel inconnue, un anneau en or au doigt. Pire encore, un voile de mariée est posé sur la table de chevet.

Puis je me détends. *Ah ah. Très drôle, les gars.* Je suis le roi des blagues, et mes amis se vengent.

Mais c'est alors qu'apparaît la mariée, et le vrai cauchemar commence. C'est Riley, la petite sœur de mon meilleur ami, devenue adulte et – gloups – mariée. À moi. Mon meilleur ami m'a interdit même de la regarder, à cause de ma réputation d'adepte des aventures d'un soir.

Je dois mettre fin à cette situation tout de suite.

Sauf que, je ne sais comment, plus j'essaie de limiter les dégâts, plus je me retrouve empêtré dans sa vie, et un drôle de truc arrive alors que je m'efforce d'annuler ce mariage…

Je commence à me demander si j'en ai vraiment envie.

Inscrivez-vous à ma newsletter afin de ne rater aucune de mes nouvelles publications: Kyliegilmore.com/FRnewsletter

AUTRES LIVRES DE KYLIE GILMORE

La série du Club de Lecture Happy End

Hollywood incognito (Tome 1)

Au-devant des ennuis (Tome 2)

Même pas cap (Tome 3)

Entente formelle (Tome 4)

Erreur sur le bad boy (Tome 5)

Joue avec moi (Tome 6)

Résister au destin (Tome 7)

Une chance de romance (Tome 8)

Un séducteur diabolique (Tome 9)

Un plan désagréable (Tome 10)

Un mariage Happy End (Tome 11)

La série Rourkes

Royal Catch - Version française (Tome 1)

Royal Hottie - Version française (Tome 2)

Royal Darling - Version française (Tome 3)

Royal Charmer - Version française (Tome 4)

Royal Player - Version française (Tome 5)

Royal Shark - Version française (Tome 6)

Rogue Prince - Version française (Tome 7)

Rogue Gentleman - Version française (Tome 8)

Rogue Rascal - Version française (Tome 9)

Rogue Angel - Version française (Tome 10)

Rogue Devil - Version française (Tome 11)

Rogue Beast - Version française (Tome 12)

AU SUJET DE L'AUTEUR

Kylie Gilmore est auteur de best-sellers sur la liste de USA Today tels que la série du Club de Lecture Happy End, la série Rourkes, la série Clover Park et la série Clover Park STUDS. Elle écrit des romances comiques qui vous feront rire, vous feront pleurer et vous donneront un coup de chaud.

Kylie vit à New York avec sa famille, ses deux chats et un chien complètement fou. Quand elle n'est pas en train d'écrire, de courir après ses enfants ou de prendre des notes lors de conférences sur l'écriture, vous la trouverez sur la pointe des pieds, cherchant à atteindre sa cachette secrète de chocolat tout en haut du placard.

Cliquez ici pour vous inscrire à la newsletter de Kylie afin de recevoir des informations concernant les sorties de nouveaux livres, les promotions et les cadeaux réservés aux abonnés. https://www.kyliegilmore.com/FRnewsletter

Pour d'autres bonus sympas, allez voir le site de Kylie https://www.kyliegilmore.com.